PIMEDIA

MENEMBUS BATAS TAKUT

Aksara_Tri • Ani Wijaya • Anisa Ariyani • Dian Hariani
Ikhwanul Halim • Irene Teng Siat Hwa
Jati Kumoro • Kang Slamet • Kiki MD
Lilik Fatimah Azzahra • Mim Yudiarto • Muthiah Alhasany
Novica Novika • Reddishcheeks • Sakdiyah Sodwijo
Sri Subekti Astadi • Sri Widyowati Kinasih
Susmiyati Madjid • Tari Abdullah • Yon Bayu

RISALAHMISTERI

MENEMBUS BATAS TAKUT

Tim Risalah Misteri

Editor: Ikhwanul Halim

Cover ilustration: Photo by Jonas Jaeken on Unsplash

Layout: Tim Pimedia

Diterbitkan oleh PIMEDIA Bandung

November 2020

ISBN: 978-623-94522-3-0

Dicetak oleh PIMEDIA Bandung.

Isi di luar tanggung jawab percetakan

Genre Anak Tiri dan Bangkitnya Penulis-Penulis Tangguh di Risalah Misteri

Tercenung, sepertinya kata itu yang paling tepat untuk menggambarkan pengalaman menelusuri beragam jejak karya yang ada di Risalah Misteri hari ini.

Sebagaimana diketahui bersama, komodifikasi libidinal begitu kencang menerjang nyaris semua lini, mulai dari sistem ekonomi, koreografi K-Pop hingga bahkan merambah ranah kepenulisan.

Pada titik inilah ketercenungan tersebut menemukan makna, karena alih-alih gegas mengekor kecenderungan yang ada, Risalah Misteri justru mengambil jalan yang berbeda serta berdiri tegak dalam patronnya sendiri, yang justru terasa amat menentang arus utama.

Di Risalah Misteri, genre horor dan misteri digarap apik, berkelas serta penuh adab. Tak lagi disesaki stereotipe khas berlatar dendam kesumat, kekerasan, seksualitas atau asal tentang hantu semata. Jikapun ada, tetap dikemas dengan amat cerdas serta penuh daya gelitik yang amat cantik tanpa terjebak sensualitas apalagi erotisme.

Yang lebih membuat bangga, dari sekian banyak karya di Risalah Misteri, hanya segelintir yang bersifat epigon. Mayoritas merupakan karya dengan ide asli buah kontemplasi daya juang serta spiritualitas semasing penulis yang berkontribusi di dalamnya.

Begitu pula dengan teknik penggarapan yang dilakukan. Meski belum banyak menampilkan kebaruan dalam teknik penulisannya, namun terlihat jelas upaya untuk mengubah idiom yang kadung tersemat. Karena di Risalah Misteri, cerita horor tak lagi kusam tak melulu suram. Bahkan karya berlatar budaya dan lokalitas daerah yang lazimnya penuh data serta terasa menjemukan, menjadi amat ringan serta memunculkan kenikmatan tersendiri tanpa butuh mengerutkan kening. Ada begitu banyak keriuhan estetika yang berkelindan dalam karya, dengan sudut-sudut penceritaan yang membuat terpana serta jalin kisah yang terus segar meski karya yang disajikan sebenarnya muram. Maka membaca Kumpulan Cerpen Risalah Misteri ini lebih terasa seperti merayakan kebahagiaan literasi, dan bukannya sekadar meratapi kesialan yang kerap menerpa bertubi-tubi.

Bila ditilik dalam Kanonisasi Sastra Indonesia, sepertinya memang masih butuh waktu yang cukup panjang untuk genre horor diakui, hingga tak lagi dianggap hanya sebagai anak tiri atau bahkan tak pernah diakui eksistensinya sebagai sebuah karya sastra sejajar serta sama terhormatnya dengan yang lain. Hal itu mengingatkan kepada Mochtar Lubis yang pernah memaparkan perihal ciri-ciri manusia Indonesia yang menurut pendapatnya dianggap memprihatinkan, yang salah satunya adalah: percaya takhayul. Namun dalam konteks kekinian yang kaya akan semangat penggalian budaya serta eksplorasi bahasa hingga ragam ekspresi dalam bertutur, wacana Mochtar Lubis sepertinya butuh dikritisi atau setidaknya dikaji ulang karena fakta yang awalnya dianggap negatif tersebut malah berbalik menjadi modal besar yang amat krusial.

Beramai-ramai sastrawan (?) muda menyerbu tema itu, termasuk "Sihir Perempuan" Intan Paramaditha serta "Kumpulan Budak Setan" yang diracik bersama Eka Kurniawan dan Ugoran Prasad, yang disebut-sebut sebagai penghormatan *(tribute)* terhadap kiprah Abdullah Harahap sebagai Maestro Horor Indonesia. Pun Kampus Fiksi seperti enggan ketinggalan, memboyong bakat-bakat muda dunia kepenulisan meluncurkan karya bersama bertajuk #HORORKOTANUSANTARA.

Yang menarik, ada semacam jeda yang memola dalam penerbitan tersebut, yang bila penerbitan Kumpulan Cerpen Risalah Misteri dihitung maka akan membentuk siklus waktu tertentu dalam penerbitan karya bergenre horor negeri ini, yang biarlah itu menjadi urusan numerolog guna mengusut fenomena misteri yang bisa saja berkebetulan terjadi di balik peristiwanya.

Dan sekali lagi, motif stereotip seperti jimat dan susuk tak lagi memiliki porsi utama dalam penyajian atau sekadar berisi alur dan penokohan semata, melainkan telah merambah ke negasi dan atau pemikiran yang mendalam tentang tema yang ada kepada pembaca sebagai katarsis, dan bukan sekadar stagnansi di lingkup teror mental.

Tak heran bila berbagai pandangan miring semakin berubah. Dari yang awalnya hanya mengklasifikasi dalam terminologi "Sastra" dan "Bukan Sastra" kemudian menjadi "Sastra Kanon" dan "Sastra Pop". Meski sebenarnya bila melihat kanonisasi sastra yang lebih jelas di luar sana, bahkan karya-karya Sang Maestro Horor Abdullah Harahap telah jauh waktu menempati posisi yang jauh lebih terhormat sebagai perwakilan sastra *gothic*, dan bukannya sekadar eufemisme basa-basi sebagai "budaya populer" setelah lama sebelumnya tak dianggap sama sekali.

Membaca Kumpulan Cerpen Risalah Misteri mengingatkan kepada ucapan Sutardji CB tentang cerpen "Tahi" buatannya dalam kumpulan "Hujan Menulis Ayam", yang mengatakan bahwa karya tersebut tak akan lekang meski dibaca tiga puluh tahun kemudian.

Bila Tahi Sutardji saja bisa sehebat itu, maka Kumpulan Cerpen yang diinisiasi oleh Risalah Misteri ini harusnya jauh lebih dahsyat lagi pencapaiannya, karena tak sekadar upaya perekaman realitas sosial yang terjadi, melainkan juga dikawin silangi dengan unsur budaya serta lokalitas yang kerap terjadi sehari-hari di penjuru negeri.

Tinggal satu unsur yang harus dipenuhi untuk menjadi karya yang baik, yang terlepas dari segala teori sastra dan kepenulisan seperti wajib liris mendayu penuh daya pikat, atau penuh metafora segar juga sedikit gelap demi memberi kesan misteri serta penuh isi, atau harus dengan tema hebat yang tidak semua orang dapat memikirkannya dan lain-lain dan sebagainya.

Meski semua itu amat berguna, namun belum dapat mengalahkan unsur yang paling utama guna menjadikan sebuah karya menjadi hebat, yaitu tidak menganggap bodoh pembaca dengan cara menggurui, serta mampu mengajak larut pembaca ke dalam karya, hingga tak lagi merasa tengah membaca kisah orang lain, melainkan justru serasa tengah membaca dirinya sendiri: Mengalami kisahnya secara nyata, sambil menyerap pilihan hikmah buah konflik di tema utama, dengan terus berusaha menggapai target pencapaian pencerahan yang ingin diraih, dengan cara amat biasa yang bisa dilakukan oleh siapa saja.

Dan Kumpulan Cerpen Risalah Misteri ini adalah salah satu upaya menuju ke sana.

Selamat membaca diri sendiri, melalui sejumput kisah di Kumpulan Cerpen Risalah Misteri ini.

Bay

Kuncen karya di Risalah Misteri.

Daftar Isi

Astral Projection

Aksara_Sulastri

Anastasya mengetahui ayahnya tengah berbaring di ranjang. Dengan selimut tebal berwarna putih, serta sarung—kurung bantal juga serba putih. Baginya semua terasa begitu gelap. Di ruangan kamar hotel ini, ayahnya terlelap begitu nyenyak.

Gadis kecil itu mengelilingi ruangan yang ramai namun baginya terasa sepi. Semua penghuni hotel tidak mempedulikan, seolah tanda keberadaannya diabaikan. Ia melintas enggan.

Hari semakin sore, pelayan hotel mengantarkan handuk kepada Pak Jaka. Pria yang dipanggilnya Ayah, masih sibuk menyiapkan lembaran *file* untuk rapat dan memasukkan *laptop* ke dalam tas ransel dan pergi ke Restoran WK untuk menemui rekan bisnis.

Anastasya, terus mengekor di belakangnya, sampai terdengar mamahnya memanggil, "Tasya, bangun!"

Ia beranjak turun, membuka pintu kamarnya.

"Mah, Tasya ketemu Ayah tadi," katanya sambil merangkul sang ibu.

"Cuma mimpi, sayang. Ayah 'kan di luar kota, sedang..."

"Sedang rapat, kan, Mah. Di Restoran WK Yogya," potong Anastasya.

Bu Jaka merasa aneh. Yang dikatakan anaknya semua benar. Dari mana gadis itu bisa tahu. Mungkin suaminya lah yang sudah memberi tahu lewat telepon.

Anastasya, kembali bercerita tentang mimpi yang begitu nyata. Tentang perjalanan astral kepada sang ibu. Orang tuanya tidak percaya, menganggap itu sebagai halusinasi anaknya. Pada akhirnya, Bu Jaka memutuskan memantau anaknya setiap tidur.

Sampai terdengar sesuatu...

***

Anastasya, sudah tumbuh menjadi gadis remaja yang duduk di bangku SMA. Ia menjadi gadis yang spesial, lewat satu kemampuan unik. Setiap tidur, rohnya keluar dari tubuhnya, melakukan perjalanan astral sesuai keinginan atau dalam bahasa Inggris ini disebut dengan *Astral Projection*.

Kemampuannya bisa dikendalikan olehnya. Kini dia bukan lagi gadis kecil yang lugu seperti dulu.

Waktu terhitung mundur, kejadian kembali terulang.

Gubrak!

Suara sirine ambulans menghantam dinding ketika mengantarkan korban kecelakaan. Belum sempat tertolong, korban tewas mengenaskan di tempat kejadian.

Kring...kring..kring...

Telepon terus menyala, Pak Jaka cepat mengangkatnya.

"Hallo, selamat sore. Saya dari pihak kepolisian melaporkan sopir bapak tewas di tempat kejadian kecelakaan. Diharapkan kehadirannya, untuk menghubungi salah satu keluarganya," Kata si penelefon.

Pak Jaka mencari anaknya. Gadis itu sembunyi, tubuhnya gemetar. Pria tegap di hadapannya menjadi ringkih dan menyedihkan.

Dia terkejut karena sebelum telepon berdering. Anastasya, bercerita kepada sang ayah.

"Yah, cepat telepon om Karya, sebelum sesuatu terjadi padanya...," ujarnya terputus-putus, suaranya semakin serak. Tangisan anaknya meledak.

Ucapannya memberi isyarat tentang sesuatu hal, yang menjelaskan tentang peristiwa kecelakaan. Anastasya menyaksikan peristiwa itu dengan kedua matanya sendiri.

***

Pak Jaka mengundang Ustaz Azril ke rumahnya untuk membantu Anastasya. Dia menyarankan gadis itu untuk selalu mengingat Tuhan. Membantunya berhenti melakukan perjalanan astral, karena jika diteruskan akan mengakibatkan kematian. Anastasya bisa saja tersesat dan lupa jalan pulang.

Pak Ustaz juga menyarankan untuk selalu melafal doa atau sering-sering membaca Al-Quran. Dengan begitu, kemampuan yang unik itu bisa saja bermanfaat kalau Anastasya bisa mengendalikan.

"Berhentilah, Anastasya!" kalimat tegas Ustaz mengakhiri obrolan.

Anastasya pun berhenti melakukan perjalanan astral sampai ia tumbuh menjadi dewasa.

Proses untuk berhenti memang sulit.

Wanita berparas cantik itu melakukannya lagi pada saat teman sekantor mengalami koma.

Temannya hampir satu bulan tergeletak, seperti mayat hidup. Anastasya membantu dengan melakukan pencarian roh yang tersesat lewat *Astral Projection*.

"Bismillahirrahmanirrahim...."

***

Kisah Anastasya membuat bu Jaka mengalami trauma berkepanjangan.

Anastasya, putri tunggalnya, tak kunjung pulang. Meninggalkan tubuh yang kaku dalam posisi duduk dengan mata tertutup.

Pemalang, Oktober 2020

Nona Manis Bergaun Putih

Ani Wijaya

Al baru saja selesai perform di sebuah kafe. Hampir tengah malam, saat dia memulai perjalanan pulang. Sepertinya melepas penat sejenak, sambil menikmati segelas susu jahe merupakan pilihan tepat. Al menghentikan motor di pelataran BKT. Sambil memandang aliran sungai berlukiskan bulan yang berkilauan, pantulan cahaya dari langit.

Pemuda ini melayangkan pandangan ke arah jembatan. Tampak seorang perempuan sedang berdiri di atas pembatas jembatan. Tanpa pikir panjang Al menyambar motor, melaju dengan kencang menuju jembatan.

"Hei, apa yang Anda lakukan? Berbahaya. Sebaiknya Anda segera turun," Al mencoba mengingatkan.

Tapi gadis itu sama sekali tidak mendengar. Al mendekat perlahan, agar tidak membuatnya kaget.

"Nona..." panggilnya pada sosok berusia di atas 20-an ini.

Seketika dia kehilangan keseimbangan. Al dengan cepat menarik tubuh perempuan itu. Membuat mereka sama-sama jatuh terduduk di trotoar jembatan. Beberapa kendaraan melaju kencang, melewati mereka tanpa sempat peduli.

Lelaki itu mengaduh kesakitan, pendaratan yang lumayan keras. Tapi gadis bergaun putih ini terlihat biasa saja. Malah menatap tajam, sambil mengernyit. Lalu melambai-lambaikan kedua tangan di depan wajah Al, dalam sekejap kelopak matanya membulat.

"Kamu, bisa melihat aku?" tanya si gadis polos.

Al menepuk-nepuk celana bagian belakang sambil berdiri dan masih meringis kesakitan.

"Apa maksud Anda? tentu saja saya bisa melihat," jawab Al kesal.

Perempuan muda ini malah mengerutkan kening, "Kamu serius bisa melihat aku?" lalu terlihat panik. "Oh tidak, kamu pasti memiliki indera ke enam," timpalnya.

"Anda manusia, kan? Bukan makhluk halus?" cetus Al dengan kekesalan dua kali lipat.

Disambut tawa geli, "Justru itu, aku sudah mati. Sejak lama sekali. Jadi bagaimana bisa kamu melihat aku kalau tak memiliki kemampuan khusus?"

Sekarang giliran Al mengerutkan kening.

"Apa? Mati?" seraya tertawa terbahak-bahak. "Lihatlah, saya bisa menyentuh Anda." Al meletakkan kedua telapak tangan di atas pundak perempuan itu.

"Wah, rupanya kamu semacam paranormal ya?" tambahnya takjub. "Ilmu kamu pasti sudah mencapai level tinggi, hingga mampu menyentuh aku."

"Ya ampun, sudahlah. Mungkin Anda sedang mengigau atau bermimpi," Al menggeleng-gelengkan kepalanya,

"Kenapa Anda tadi nekat berjalan di atas pembatas jembatan? Anda mau bunuh diri?"

"Apa? Bunuh diri? Aku sudah mati. Jadi mana mungkin bunuh diri?"

Dia bersikukuh dengan keyakinannya. Membuat pria muda di hadapannya merasa dipermainkan.

"Saya harus pulang," tukas Al, "dan Anda juga sebaiknya pulang."

Lelah, mengantuk, kesal, heran dan iba. Bercampur jadi satu.

"Pulang? Kamu tahu 'kan. Orang yang telah mati tidak punya tempat tinggal."

"Ya sudah, terserah," Al sudah malas untuk membujuk lagi, "Saya pulang sekarang, jaga diri Anda baik-baik."

"Oke", lalu gadis itu meninggalkan Al. Seraya kembali hendak menaiki pembatas jembatan itu.

"Anda tidak boleh melakukan itu lagi," cegah Al. "Bagaimana bila jatuh ke sungai? Arusnya deras Anda bisa...," dia memotong kata-katanya sendiri, mengingat kalimat barusan tak akan mampu menggugah gadis ini, "Atau jatuh ke jalanan, tubuh Anda bisa hancur tertabrak mobil atau truk."

"Aku sudah mati. Ingat, s u d a h m a t i," sambil terpingkal-pingkal, "Lihat saja, mobil tak akan bisa menabrakku." Serta merta ia lari ke tengah jalan sambil berputar-putar.

Al tak sempat menariknya.

Ya ampun, apa dia tidak mendengar teriakan orang-orang? Mereka melempar umpatan karena hampir saja menabrak tubuh ramping perempuan bertelanjang kaki itu.

"Benar kan? Lihat, mereka tak bisa menabrak aku," ujarnya. "Aku akan terjun sekarang, Dan kamu perhatikan, aku akan baik-baik saja."

Al berlari menyeberang, lalu menahan tubuh perempuan ini.

"Sudah, sudah. Saya percaya. Anda tidak perlu melakukan itu," napas Al mulai naik turun tak beraturan.

"Nama Anda siapa?" selidik Al lagi.

"Tak punya nama, 'kan sudah mati," jawabnya datar, semakin membuat Al kebingungan.

"Baiklah, lalu sekarang apa yang akan Anda lakukan? Kalau saya tinggalkan sendirian," sambung Al sambil memijat-mijat kening.

"Aku, entahlah...," gumamnya. "Mungkin aku akan menaiki pohon itu dan berayun-ayun di dahan. Itulah yang dilakukan para arwah gentayangan," jawab si gadis sambil menunjuk pohon besar di pinggir sungai.

"Tidak, tidak," seru Al, melihat bahaya yang tak kalah besar bila gadis ini nekat menaiki pohon. "Ikut saya saja, kita beristirahat dulu malam ini. Besok saya akan mengantarkan ke rumah orangtua Anda."

Tertegun, seakan memikirkan sesuatu.

"Anda tidak berpikir untuk terbang, kan?" tanya Al, hampir kehilangan kesabaran.

"Wah, terbang? Ide bagus. Ya, hantu seharusnya bisa terbang. Aku akan belajar terbang," pekiknya sambil berbinar-binar girang.

Al menghela napas panjang, "Besok Anda boleh belajar terbang. Sekarang ikut saya. Naiklah," pinta pemuda ini hampir putus asa.

Sambil bersorak kecil, ia menyerah dan segera duduk di belakang Al. Suara motor pun menderu kencang. Sepanjang jalan ia bercerita tentang kematian. Suaranya terdengar samar-samar karena terbawa angin.

"Sudah sampai, ini rumah kontrakan saya. Teman saya sedang pulang kampung, bisa jadi malam ini dia kembali. Tapi, mungkin baru besok. Hari Minggu," papar Al.

"Ayo masuk," ajaknya.

Al membuat teh manis, lalu menaruh segelas di atas meja tamu merangkap meja makan.

"Itu minuman manusia, aku tidak minum."

"Ya, terserah. Anda lapar? Mau makan?" tanya Al lagi.

"Aku..."

"Iya saya tahu, tidak makan, sudah mati. Anda mau beristirahat di kamar teman saya atau di sini, terserah. Besok baru kita bahas apa yang selanjutnya akan dilakukan," Al menjelaskan dengan nada putus asa.

Sosok berambut ikal itu berdiri terpaku, termenung.

"Oh ya, aku tidak tidur. Arwah tidak pernah tidur."

Al menghempaskan pintu kamar, sambil bergumam panjang.

***

Sinar matahari mulai masuk melewati celah celah ventilasi kamar, jatuh tepat di atas wajah Al yang serta merta menutupi dengan kedua telapak tangan. Seketika teringat dengan gadis yang ditemui semalam, dia bergegas bangun, melangkah ke kamar sahabatnya.

Pintu kamar masih tertutup, mungkin masih tertidur pulas, pikir Al. Tapi kemudian, tiba-tiba menyembul kepala sesosok pria muda, lengkap dengan anggota tubuh lain.

"Ardian."

Al menyerbu kamar Ardian, masuk dan mengacak-acak tempat tidur Ardian. Tak ada siapa-siapa. *Ke mana gadis itu?*

"Di, datang jam berapa kemari?" tanya Al buru-buru.

Ardian keluar dari kamar mandi. "Jam dua, semalam kamu sudah pulas."

"Lihat cewek pakai baju putih, *gak?* Dia tidur di kamar kamu," selidik Al lagi.

"Cewek? *Gak* ada," Ardian menggaruk-garuk kepala yang tidak gatal, "Pacar kamu, ya?"

"Bukan, baru ketemu semalam. Aku juga *gak* tahu namanya siapa," timpal Al cemas.

"Wah, setan kali. Kamu sih, sembarangan," timpal Ardian. "*Udah,* ah, masih ngantuk," Ardian masuk ke kamar.

Al termangu, yakin semalam dia tidak bermimpi. Bahkan sempat memegang pundak perempuan tersebut. Berarti dia manusia, bukan ... aahhh. *Ke mana dia? Mengapa perasaan khawatir di hatinya menjadi semakin besar?*

Sambil menyesap teh manis hangat, Al membuka halaman demi halaman koran hari ini. Lalu pandangan matanya tertuju pada sebuah artikel.

"Hilang, sejak tiga hari lalu. Mengidap penyakit *Cotard Syndrome*."

Abhel. Gadis bergaun putih itu bernama Abhel. Fotonya terpampang jelas di pelataran koran. Rambut ikal dan wajah cantik berhias senyum. Kulit putih mulus berbalut gaun putih yang terakhir dipakainya.

Al kemudian segera membuka internet, *browsing*. Lalu mengetik.

Cotard Syndrome.

18 September 2020

Teror di Kertas Gambar Qie

Anisa Ariyani

Qie bisu sejak lahir. Ia hanya berkata Pa untuk Papa, Ma untuk Mama, dan Ya untuk memanggil Qya.

Hingga kini kosakata Qie masih tetap.

Tapi Qie suka menggambar. Mencoret-coret buku Qya awalnya, akhirnya aku memberi Qie buku dan pensil gambar untuk dirinya sendiri.

Usia dua tahun ia menunjukkan padaku sebuah bentuk menyerupai ceruk mungil, di tengahnya bentuk bulat berwarna hijau dan coklat. Aku memandangi gambar itu. Beberapa detik kemudian gambar itu makin menyerupai sesuatu. Mirip mangkuk berisi sayur dan lauk, makanan kesukaan Qie.

Aku berlari ke dapur, lalu kembali membawa apa yang paling mirip dengan gambar Qie. Dan seketika itu juga Qie berlonjakan di tempatnya semula duduk. Aku mengerti apa yang ia inginkan. Ia mendapat cara untuk mengungkapkan sesuatu. Aku memeluknya erat. Qie-ku bertumbuh, istimewa dengan caranya sendiri.

Semenjak hari itu, gambar-gambar Qie bicara tentang segalanya. Padaku, pada Papa, juga pada Qya. Bahkan seringkali Qie mampu menghibur Qya yang bosan dan lelah dengan tugas-tugas sekolahnya dengan gambar. Qya cukup mengucap satu objek, dan Qie memindahkannya pada kertas gambar.

Kian hari Qie makin hebat. Bagiku ia bukan lagi menggambar. Ia bicara, ia merajuk, ia bahagia, atau bersedih, semuanya. Perangkat gambar Qie telah bertambah kini, juga penggemarnya.

Qie adalah murid sebuah sekolah khusus. Ia anak yang luar biasa, juga baik. Hanya butuh satu kali saja bagi Qie untuk melihat benda, Qie mampu menggambarnya dengan nyaris sempurna.

Suatu petang kami sekeluarga pergi mengunjungi kerabat yang dikabarkan sakit. Qie menyukai hal ini, sebagaimana ia menyenangi liburan bulanannya ke rumah sakit penderita kanker untuk menggambar dan menghibur mereka.

Ketika tiba di halaman rumah kerabat kami, Qie terdiam lama. Ia tidak biasa seperti itu. Qie menggeleng pelan saat aku bertanya kenapa, dan segera meraih alat gambarnya, mengekor Papa turun dari mobil.

Sebentar kami beramah tamah, sebelum akhirnya menuju kamar anak kerabat kami yang sakit. Ketika kami masuk, anak remaja yang lebih tua dari Qya itu sedang tidur. Tapi tak berapa lama kedua mata anak itu terbuka.

Bersamaan dengan itu Qie menjerit kencang sekali, lalu berlari meninggalkan kami.

Aku kaget, tak menyangka sekaligus takut. Qie belum pernah seperti ini. Dalam gemetar aku menyusul Qie yang berlari ke arah luar, Papa dan Qya di belakangku.

Aku menemukan Qie di dalam mobil.

Tubuh Qie bergetar hebat, keringat membanjiri wajah, tengkuk, punggung dan tangannya. Qie menjadi pias. Ia duduk meringkuk di kursi paling belakang.

"Ada apa, Qie?" aku memeluk Qie, ia memelukku erat sekali.

Qie menggeleng pelan, dan meraih buku gambarnya, mencari suatu gambar. Qie menunjuk gambar rumah kami.

Dua minggu sejak kejadian itu Qie tidak bercerita apapun pada kami. Hanya, Qie tampak mengurangi aktivitas menggambarnya, juga menolak pergi ke sekolah.

Aku kerap menemukan Qie cuma diam, sambil memandangi lantai, atau langit-langit, atau daun, apa saja.

"Ma..." kata Qie siang itu.

"Ya?" aku berhenti menyusun buku-buku di rak baca Qya, dan duduk di samping Qie, menunggunya menggambar sesuatu.

Awalnya Qie diam. Pensil warnanya tak satupun bergerak. Hingga perlahan Qie mengambil pensil warna hitam, dan mulai membentuk sesuatu di kertas.

Sambil menunggu Qie, aku pergi ke dapur untuk mengambil jeruk peras dan makanan ringan buat Qie. Dan betapa terkejutnya aku ketika kembali, hingga baki nyaris jatuh dari tanganku.

"Apa ini, Qie?" tanyaku setengah berbisik.

Qie tidak pernah menggambar sesuatu yang tidak digunakannya untuk berkomunikasi atau menghibur. *Tapi gambar ini?*

Sesosok tubuh yang kurus, sangat kurus. Seluruh tubuhnya berwarna hitam. Kecuali mata yang melesak ke dalam dan kuku tangan yang demikian panjangnya. Qie menggambarnya dengan warna merah. Rambut makhluk itu begitu lebat dan berantakan, bibirnya menyeringai seram. Dan, dalam gambar Qie makhluk itu tampak terbang, baru saja melepaskan diri dari sosok tubuh yang terbaring. Aku pernah melihat selimutnya. Ah, itu anak kerabat kami yang sakit!

Aku mencoba menepis pikiran yang tak kusukai di dalam kepala. Tapi tak pelak, aku tetap mengerti bahwa ini yang Qie lihat kemarin, hingga menyebabkannya berlari menjauh dari kami dalam ketakutan.

Aku memeluk Qie erat. Entah kenapa sesuatu tak enak bergemuruh dalam dada dan kepalaku.

***

Pada akhir pekan aku mengajak Qya dan Qie bermain di taman dekat rumah. Sebuah rekreasi kecil yang biasa kami lakukan saat Papa tidak bisa menemani, juga sebagai angin segar bagi Qie setelah kejadian kemarin. Di sana Qya suka bermain gelembung sabun. Qie tentu saja menggambar.

Hampir semua orang yang suka bermain di taman mengenal Qie. Jika melihat Qie mulai menyiapkan perangkat gambarnya, mereka segera mengelilingi Qie, dan berebut menyebut sesuatu untuk digambar oleh Qie. Qie tidak keberatan. Qie senang menghibur.

Di tengah kerumunan itu, tiba-tiba salah satu dari mereka menjerit. Lalu jeritan itu menular, dan nyaris semua anak menjerit sambil berlari menjauhi Qie. Membuat orang-orang dewasa yang ada di sekitar mereka turut terkejut dan bingung.

Aku sendiri memeluk Qie, mengajaknya menjauh dari tempatnya duduk menggambar. Aku tidak tahu apa yang terjadi.

Belum juga habis terkejutku, Qya tiba-tiba menubrukku. Dengan panik ia menunjuk buku gambar Qie dan orang-orang dewasa yang tengah mengerubunginya.

Mereka mendekatiku, bertanya tentang maksud dari gambar Qie. Dan saat melihatnya, aku tak tahu harus melakukan apa selain menutup mulutku sendiri yang tiba-tiba ternganga.

Taman ini. Anak-anak yang ramai. Pepohonan dan kelinci-kelinci yang manis.

Tapi, Qie menggambar sesuatu yang lain.

Ada anak kecil berwajah biru kehitaman duduk di ayunan. Sebelah kakinya yang terpotong mengucurkan darah. Darah berceceran di mana-mana.

Lembar berikutnya seorang wanita tua di seberang taman. Tengah tertawa, di tangannya membawa sesuatu. Setelah mengamati dengan baik, aku melihat wanita tua itu membawa kepala, sangat mirip kepala bayi.

Dan di lembar terakhir, Qie menggambar ia yang tengah duduk menghadap buku gambar dikerumuni oleh teman-temannya. Lalu, entah kenapa Qie menambahkan sosok itu di tengah-tengah mereka, sosok yang membuatnya ketakutan pertama kali.

Orang-orang bertanya padaku tentang gambar Qie. Aku tak tahu apa-apa. Aku bahkan tidak tahu pasti apa yang sebenarnya Qie tengah ingin katakan.

Aku merasa lebih baik mengajak Qie dan Qya pulang.

"Qie, apa yang kau lakukan?" tanyaku pada Qie seraya menggenggam tangannya setiba kami di rumah.

Tapi Qie diam saja, membuatku hanya mampu menghela napas berat. Sejenak kami hanya saling berpandangan. Qie kemudian tersenyum, lalu memelukku hangat.

Aku tidak mengerti. Semenjak apa yang terjadi di taman itu, Qie kerap menggambar hal-hal aneh. Benar-benar aneh karena ketika Qie menggambar sesuatu, gambar itu adalah kenyataan yang terjadi beberapa waktu kemudian.

Seperti ketika Qie menggambar sebuah rumah cantik yang merah menyala. Qie menggeleng ketika aku bertanya itu rumah siapa. Tapi esoknya, kami mendengar rumah salah seorang teman sekolah Qie habis terbakar. Aku ingat kami pernah berkunjung ke sana, dan aku amat tak habis pikir karena memang itu rumah yang ada di kertas gambar Qie.

Atau saat siang yang terik Qie menunjukkan padaku gambar sebuah mobil yang rusak di seluruh bagiannya, nyaris hancur. Aku tidak pernah lagi bertanya pada Qie tentang apa yang digambarnya, karena Qie menggeleng untuk semua pertanyaan.

Malam harinya Papa menerima telepon bahwa rekan kerjanya mengalami kecelakaan hingga meninggal. Dan Papa terhenyak ketika di tempat sial itu ia mendapati mobil yang sama persis dengan gambar Qie.

Entah darimana mulanya, orang-orang mendengar apa yang Qie bisa lakukan ini. Mereka menganggap Qie bisa meramalkan masa depan. Dan setiap hari ada saja yang mencari Qie untuk memintanya menggambar.

Qie tidak ambil pusing awalnya. Mudah baginya mengabaikan mereka. Sebelum wanita tua itu datang ke rumah kami. Dia terang-terangan mencari Qie. Meminang Qie untuk menjadi medium.

Hanya ibu gila kurasa yang tega melepas anak delapan tahunnya untuk menjadi seorang medium. Itu sangat berbahaya, Qie-ku masih terlalu dini untuk mengenal dunia metafisik itu.

Wanita tua itu merindukan anaknya yang telah lama meninggal. Ia ingin Qie menjadi medium bagi roh anaknya agar ia dapat melepas rindu. Ia sendiri yang akan mengundangnya. Ia bilang, materialisasinya akan sempurna jika mediumnya adalah sesama anak kecil.

Gila!

Aku menolak wanita itu dengan tegas. Dan ia marah. Ia terus menatap Qie tajam, membuat Qie amat ketakutan.

***

Sudah tiga malam ini Qie demam. Tubuhnya kerap tiba-tiba menggigil, padahal suhunya tinggi sekali. Qie tidak menggambar apapun, kecuali roti panggang selai kacang kesukaannya.

Selama tiga hari hanya itu yang Qie makan. Qie banyak menghabiskan waktu dengan tidur, dan diam.

Pagi hari berikutnya aku membangunkan Qie. Ia sudah tidur sejak kemarin sore. Malam keempat ini demamnya memang sudah turun. Mungkin itu juga yang membuat Qie tidur nyenyak sekali.

Hampir lima belas menit aku membangunkan Qie. Tapi Qie tidak juga bangun. Papa bergantian membangunkan Qie. Qie tidak bergeming. Kami mengguncang tubuh Qie. Qie tidak bergerak.

Setelah dokter datang dan memeriksa, barulah kami mengerti.

***

Saat saat seperti ini aku merasa seperti terperangkap dalam kotak kaca yang pengap. Ingatan tentang semua nyaris membunuhku. Qya kerap mendapatiku menangis sendirian. Dan ia jadi ikut menangis.

Aku kasihan pada Qya. Seharusnya aku menjadi lebih kuat, untuk menguatkan Qya. Ia pun tentu merasai kesedihan yang sama.

Setelah terus menerus menguatkan diri demi Qya, aku siap masuk ke kamar Qie, untuk merapikan apapun yang ada di sana. Aku melarang siapapun membersihkan kamar Qie, karena aku sendiri yang akan melakukannya.

Tapi apa yang kulihat di dalam kembali mengguncangku hebat.

Kertas-kertas gambar Qie berserakan di lantai. Pensil warna bertaburan di mana-mana. Aku bingung, bagaimana bisa kamar Qie seberantakan ini? Apakah Qya sempat masuk kemari?

Aku memutuskan memungut satu persatu gambar yang semuanya telungkup.

Kertas pertama adalah gambar kami sekeluarga. Kami saling bergandengan tangan. Mataku berembun melihatnya, rindu pada Qie kian membuat sesak.

Kertas kedua, Qie menggambar dirinya sendiri. Ia duduk, sibuk dengan buku gambar dan pensil warnanya.

Kertas ketiga, Qie menggambar ia terbaring di tempat tidur, di keningnya ada sesuatu, mirip kain kompres yang kuberi untuknya. Qie menggambar ia sakit? Kapan? *Selama sakit ia tidak menggambar apapun.*

Kertas keempat, Qie menggambar ia sedang terbang. Atau setidaknya melayang. Langit biru tua di sekitarnya. Qie sendirian.

Kertas kelima, Qie menggambar aku, Papa dan Qya. Kami bertiga sedang menatap ke atas.

Kertas kelima, aku tak kuasa menahan diri hingga memekik tanpa kusadari.

Qie menggambar seseorang dengan amat jelas. Tubuhnya hitam kurus, wajah menyeringai—kali ini lebih lebar hingga tampak sangat menyeramkan, rambut lebat tak beraturan, dengan mata merah menyala, kuku menjuntai tajam. Orang itu menggandeng tangan banyak anak kecil. Semuanya menangis.

Qie-ku salah satu di antara mereka.

7 Oktober 2020

Dendam Kesumat

Dian Hariani

Narsih bergegas melipat baju ke dalam tas ranselnya setelah meminta ijin cuti ke pabrik tempatnya bekerja. Paklik Darno datang dari desa membawa kabar yang membuatnya tak fokus lagi pada pekerjaan. Emaknya yang dikabarkan masuk angin dua minggu lalu semakin parah. Bahkan kemarin memuntahkan paku kecil hingga tak sadarkan diri.

"Kenapa enggak dibawa ke dokter saja, Paklik?"

"Pulang dulu, Nduk! Emakmu *pingin* kamu pulang."

Selama perjalanan naik angkot ke terminal, Narsih lebih banyak diam. Dipandanginya orang-orang yang tampak sibuk dengan aktivitas masing-masing. Panasnya Kota Surabaya menambah sesak di dada. Sementara Paklik Darno yang duduk di sebelahnya masih berkisah panjang lebar tentang kejadian ganjil selama Mbak Sinem, adiknya itu sakit. Narsih mendengar setengah-setengah saja

Sesampainya di terminal, Narsih bergegas menuju bus dengan jurusan yang dituju. Paklik Darno mengikuti langkah Narsih sambil terengah.

Tak seperti biasa, Narsih mau menerima tawaran kondektur untuk berdiri berjejalan di dalam bus karena semua kursi sudah terisi. Ia berharap di tiga atau empat titik pemberhentian nanti, penumpang berkurang dan ia mendapatkan kursi untuk bersandar dengan nyaman.

"*Ndak pa pa*, ya, Paklik? Biar cepet sampai," ucap Narsih sambil tangan kanannya berpegangan pada sandaran kursi penumpang. Ia terus melangkah ke sisi depan, berharap ada bangku yang kosong. *Mustahil*. Yang ada beberapa lelaki berpenampilan mahasiswa yang tidur lelap atau entah pura-pura.

"Iyo ora opo-opo to, Nduk. Paklikmu iki iseh kuat, je!" jawab Paklik Darno dengan bahasa khasnya.

Belum sampai terminal pemberhentian pertama, Narsih melihat pakliknya sudah menguap berkali-kali. Mungkin kecapaian. Beda dengan dirinya, yang menjelma menjadi wanita kuat semenjak merasakan pahit getirnya merantau demi membantu emak. Malam hari, beberapa karyawan, termasuk dirinya menyetujui tawaran lembur demi tambahan gaji, hingga waktu istirahat menjadi tersita. Bahkan, pada malam hari gigitan nyamuk pun tak dirasakannya lagi. Kulitnya yang sawo matang berhias titik-titik hitam bekas perbuatan binatang penghisap darah tersebut.

Tak terasa, hampir sepertiga perjalanan Narsih dan pakliknya baru mendapati kursi kosong.

"Lumayan, lah. Daripada berdiri lima belas menit lagi," gumamnya pelan.

Setibanya di terminal Kabupaten Sumber Rejeki, Narsih dan pakliknya masih harus berpanas-panasan mencari angkutan yang mengarah ke desa tempatnya tinggal.

"Ojek saja, Paklik. Biar *cepet*."

"Mahal, *lo, Nduk*. Paklik takut enggak cukup sangu." Wajah Paklik menunjukkan kesungguhan. Kemarin bahkan dia sudah bilang cuma bawa sangu pas-pasan saja.

"Enggak apa-apa, Paklik. Narsih yang bayar."

"Iyo wes, Paklik *manut* saja *lek ngono."*

Perjalanan dengan ojek dirasa lebih cepat daripada dengan angkutan pedesaan yang bisa-bisa memakan waktu hingga dua kali lipatnya. Narsih terpaksa membayar dua ojek agar cepat sampai ke rumah.

"Tidak! Jangan ganggu aku!" suara Mak Sinem terdengar sesampainya Narsih di teras rumah. Sontak ia merangsek ke dalam kamar di mana ibunya direbahkan. Ada Pakde Yono dan Bude Karmi di sana. Juga istri Paklik Darno, yaitu Bulik Sayuti. Satu lagi, ada seorang lelaki yang duduk di sisi ibunya membuat Narsih muak.

"*Ngapain* kamu di sini?" tanya Narsih ketus. Lelaki itu hanya diam, lalu beringsut perlahan, memberi tempat untuk Narsih mendekat pada ibunya.

"Mak, ini Narsih, Mak. Apa yang Mak rasakan? Kita ke dokter, ya?"

Mak Sinem menggelengkan kepala pelan. Wajahnya yang cantik tampak kusut dan tak sekencang dulu lagi.

"Ndak usah, Nduk. Kamu di sini saja, *ndak* usah ke mana-mana."

"Inggih, Mak. Narsih ndak akan ke mana-mana."

Narsih menatap tajam ke arah lelaki yang berdiri bersandar pada lemari pakaian itu. Lelaki yang kurang ajar, menikahi emaknya setahun setelah kepergian ayahnya demi uang. Supri namanya. Ibunya yang hanya seorang penjual sayur keliling pun tega *diporoti* uangnya.

'Dasar lelaki tak tahu diri,' gumamnya dalam hati.

Pakde, bude, paklik, dan bulik meninggalkan ruangan setelah menceritakan kronologi sakit Mak Sinem kepada Narsih, anak semata wayang itu.

"Kami pulang dulu, nanti kalau ada apa-apa panggil paklik atau pakdemu ini, yo?"

"Nggih, Pakde."

"Tolong kamu juga pergi tinggalkan rumah ini. Biar saya rawat emak saya sendiri."

"Tapi.... "

"Pergi! Atau saya panggil polisi!"

Narsih geram. Dia tak ingin melihat lelaki bejat yang pernah berusaha merayunya sewaktu emaknya tidak di rumah.

Kini di rumah tinggal Narsih dan emaknya. Dalam hati Narsih menyesal, mengapa emak yang disayanginya memilih menikah dengan laki-laki tak tahu diri itu. Bukannya bekerja, malah menyuruh emaknya mencari uang untuk dia foya-foya. Bukannya melindunginya, malah berusaha menodainya tanpa sepengetahuan emaknya, hingga Narsih memutuskan merantau dan menyimpan dendamnya dalam-dalam.

"Mak, Narsih ambil wudu dulu, ya? Narsih mau salat." Mak Sinem manganggguk. Tatapan teduhnya seolah mengungkapkan rasa bangga memiliki anak yang telah berubah lebih baik, tidak seperti dirinya. Mak Sinem merasa sepeninggal ayahnya Narsih dia tidak kuat menahan godaan banyak laki-laki. Dia terlalu egois karena memikirkan diri sendiri.

Ayat suci perlahan dilantunkan Narsih meski tersendat-sendat. Maklum, dia baru mengenal agama setelah di perantauan. Belum juga menyelesaikan surah pertama, terdengar suara emak menyesakkan dada.

"Mak kenapa? Sebelah mana yang sakit?"

Emak Sinem tak mampu menjawab pertanyaan putrinya. Kedua tangan memegang leher sambil terbatuk-batuk. Wajahnya pucat pasi. Narsih semakin kebingungan. Dibacakannya Ayat Kursi pada segelas air dan mencoba meminumkannya pada emak. Namun, emaknya muntah disertai darah.

"Ya Allah, Mak! Apa ini?"

Di antara cairan merah pekat Narsih melihat sendiri terdapat benda tajam di sana. Paku kecil dan potongan kawat. Teringat kata pakde siang tadi, bahwa dokter berkali-kali bilang Mak Sinem baik-baik saja, tidak sedang mengalami gejala apapun.

"Kita cari orang pinter saja, Nduk!" tiba-tiba suara pakde yang muncul dari balik pintu mengejutkan Narsih.

"Kenapa harus ke orang pinter?"

"Emakmu ini bukan sakit biasa. Diguna-guna."

Deg! Narsih pernah tidak mempercayai hal itu. Namun kejadian yang menimpa emaknya sungguh membuatnya tak berdaya.

"Pakde punya kenalan orang pintar. Besok dia datang. Kamu belikan apa yang dia minta saja nanti."

Narsih ingin berontak. Sejak berhijrah dia tidak juga mempercayai praktek perdukunan seperti yang dilakukan kebanyakan orang di kampungnya. Namun sebelah hatinya memberi sinyal untuk jalan. Suara batuk emak kembali memenuhi ruangan.

"Sabar, Mak. Istigfar. Pasrahkan pada Allah, Mak! Allah Maha Penyembuh segala penyakit," ucap Narsih sambil membersihkan muntahan emaknya yang bercecer di lantai.

"Jangan dibuang! Biar Pakde yang cuci."

"Untuk apa dicuci, Pakde?"

"Sudahlah! Nanti kau juga akan tahu."

Pakde bergegas mengambil lap yang penuh muntahan adiknya. Dicucinya kain itu lalu menyisihkan benda-benda tajam yang keluar bersama muntahan, mengumpulkannya dalam kain putih khusus. Sementara Narsih sibuk menuntun emaknya membaca istigfar dan meniupkan ayat-ayat di kepala wanita itu hingga terlelap.

"Sih, sini!" panggil pakde begitu nelihat adiknya tertidur pulas.

"Kamu tahu, kan, sekarang? Itu bukan sakit biasa. Tapi guna-guna."

"Pakde masih percaya begituan?"

"Mana ada orang sakit lalu muntah paku sama kawat *kayak gini? Pikiren, Nduk!"*

Narsih hanya terdiam, tak tahu harus bicara apa.

"Menurut kenalan Pakde, benda-benda yang keluar dari mulut emakmu itu disuruh nyimpan."

"Untuk apa, Pakde?"

"Balas dendam lah. Mau apa lagi?"

"Astaghfirullah! Jangan, dosa, Pakde!"

"Aku *ki ndak* terima emakmu dibuat kayak begini. Aku akan cari siapa pelakunya. Aku akan balas dendam nanti."

"Istigfar, Pakde! Biar Allah saja yang membalas pelakunya."

"Alah..., sudahlah! Kamu urus emakmu saja. Biar Pakde yang selesaikan semua."

Narsih terduduk lemas. Tak mudah membuat Pakde untuk berpikiran jernih. Apalagi sejak kecil, Mak Sinem yang penurut itu adalah adik kesayangan pakde. Beda dengan Paklik Darno, suka membantah jika diberitahu.

Malam itu terasa lebih dingin dari kemarin. Narsih menyeduh secangkir kopi di dapur, yeng berada tepat di sisi kamar emaknya. Sekelebat bayangan seolah mengawasi di belakangnya. Namun, begitu menoleh, Narsih tidak mendapati apapun. Narsih meletakkan kopinya di meja dekat ranjang Mak Sinem. Dia keluar lagi dengan rasa penasaran.

Narsih membaca ayat-ayat sebisanya sambil mengedarkan pandangan ke setiap sudut rumah.

"Keluarlah! Tunjukkan wujudmu. Aku tidak takut!"

Bayangan itu lagi-lagi melewatinya dengan cepat. Narsih masih penasaran.

"Keluar! Jangan ganggu emakku!"

Suara Narsih justru membuat bayangan itu semakin bermain-main di depan matanya. Dan tiba-tiba suara emak tebatuk, membuat Narsih kembali ke kamar. Entah untuk ke berapa kalinya paku dan kawat-kawat itu keluar dari mulut emaknya.

"Ya Allah! Tolong lindungilah Emak. Ringankan penderitaannya." Kali ini suara Narsih serak. Dia semakin tidak tega menatap kondisi emaknya yang semakin kurus. Hidup tanpa makan, hanya mengkonsumsi minuman saja. Sedangkan darah yang keluar cukup menguras tenaga.

Narsih berlari menuju ruang tamu sambil berteriak, "Apa maumu? Mengapa kamu menyiksa Emak seperti ini?"

Tiba-tiba di sisi pintu, bayangan lelaki itu tampak nyata membelakangi Narsih.

"Siapa kamu?"

Lelaki itu membalikkan wajah, senyumnya menyeringai. Supri. Lelaki jahanam itu tergelak puas. Narsih yang diliputi amarah dan dendam mengambil pisau yang tergeletak di meja. Mengayunkan ke arah Supri, dengan cepatnya. Namun, perlawanan Supri pun tak kalah sengit. Tawanya membahana. Keduanya terlibat perkelahian, hingga muncul Pakde dari balik pintu dengan seorang lelaki tinggi berpakaian serba hitam. Dalam hitungan detik Supri menghilang dari pandangan.

"Supri, Pakde. Dia yang melakukan semuanya."

Lelaki berbaju hitam itu menebar wadah berhias bara dan asap yang memenuhi ruangan. Baunya pun menyengat. Mulutnya komat-kamit merapal mantra.

"Siapa, dia, Pakde?"

"Sst! Masuk kamar, jaga emakmu sana!"

Narsih mendapati emak mengerang kesakitan. Bahkan terus menerus memuntahkan benda dari dalam mulutnya.

"Sabar, Mak. Istigfar!" ucap Narsih dengan doa-doa yang membasahi bibirnya.

"*Nyebut*, Mak!"

Malam itu tubuh emak semakin menggelapar tak berdaya seolah mendapat serangan entah dari mana. Dalam kebingungan, Narsih hanya mampu memanjatkan doa-doa sambil berlinang air mata.

"Ya Allah, Mak. Kenapa jadi seperti ini?"

Tak berhenti di situ, emak meronta sekuat tenaga hingga pakde dan kenalannya itu terpaksa mengikat tangan dan kakinya. Narsih hanya menangis mendapati kondisi emaknya semakin parah saja. Dia tak sanggup lagi melihat penderitaan wanita di hadapannya. Di sekujur tubuhnya didapati luka-luka kecil entah karena apa. Sementara ikatan tak dapat menghentikan gerakan tubuhnya.

Kali ini, serangan seakan tak henti hingga pagi tiba. Narsih masih menangis tak sanggup melihat emaknya menahan sakit yang entah karena apa.

"Mak, *nyebut,* Mak. Narsih di sini." Tangis Narsih membuat keluarga berbondong memenuhi ruangan yang bertambah sesak. Sementara kenalan pakde duduk bersila menghadap bungkusan putih berisi benda-benda yang keluar dari mulut emak.

Suasana semakin panik ketika emak mengerang dengan suara yang sangat keras. Seperti ada yang mencekik lehernya.

"Aaagh!"

Bersamaan dengan itu, tubuh emak tidak bergerak lagi. Tangan dan kakinya melemas. Sepasang matanya melotot menahan sakit. Mulutnya terbuka seolah ingin mengucapkan sesuatu.

"Mak!" Tepat saat kenalan pakde berhenti membaca mantra, Mak Sinem menghembuskan napas terakhir.

"Tunggu pembalasanku, Supri!" kepalan tangan pakde terdengar keras menghantam pintu kayu. Dari percakapan pakde dan kenalannya, Narsih tahu bahwa Supri lah yang sengaja melakukan semua. Dia menuduh emak selingkuh saat mendapati istrinya itu ngobrol dengan laki-laki tak dikenal. Padahal lelaki itu adalah penjaga warung yang menjadi pelanggan sayur dagangannya.

Paklik dan bulik, dibantu warga melepaskan ikatan pada tangan dan kaki Mak Sinem. Hari ini emak benar-benar telah berpulang. Narsih belum bisa menerima kepergian emaknya dengan ikhlas. Tubuhnya lemas, tergeletak di antara para pelayat yang berdatangan silih berganti.

Dari balik tembok kayu, terdengar suara pakde yang sedang ngobrol dengan kenalannya.

"*Ndak* bisa! Harus anaknya yang bawa!"

Narsih bergegas keluar kamar dengan mata sembab. "Iya, Pakde. Biar saya saja yang melakukannya."

Rupanya Narsih mendengar semua percakapan antara pakdhe dan laki-laki berikat kepala itu. Narsih gelap mata. Dia bersedia membawa bungkusan berisi benda-benda yang dimuntahkan emak dan diletakkan bersama jasad emak saat dikuburkan nanti. *Untuk apa?* Supaya jenazah emaknya bangkit untuk balas dendam terhadap pelaku.

Lelaki kenalan pakde bersiap membantu dengan segala upaya dan mantra-mantranya.

Narsih berjalan di antara iring-iringan para pelayat. Dia melangkah pasti sambil membawa bungkusan sesuai anjuran kenalan pakdenya. Dia merasa tidak terima atas kejadian yang menimpa emaknya. Terlalu menyakitkan. Dia harus balas dendam.

Di makam desa, Narsih memegang bungkusan itu kuat-kuat sambil mengucap mantra yang diajarkan kenalan pakdenya.

"Bangkitlah, Mak. Balaskan dendammu pada pelaku," suara Narsih nyaris tak terdengar.

Bersamaan itu suara azan zuhur terdengar keras. Tubuh Narsih bergetar hebat. Tangannya gemetar.

Sebelah hatinya berbisik, "jangan lakukan itu, Sih! Pasrahkan semua pada Allah."

"Tidak! Lakukan sesuai suara hatimu, Sih! Biar dendammu terbalaskan."

"Jangan! Dosa besar, Sih!"

"Lakukan, Sih! Lakukan!"

Azan terus berkumandang. Namun suara-suara itu begitu mengoyak batinnya. Tubuh Narsih terguncang hebat dan jatuh tak sadarkan diri sebelum sempat meletakkan bungkusan itu bersama jasad emaknya.

"Istigfar, Dik. Apa yang kamu lakukan sudah benar. Biarkan Allah yang Maha Segalanya yang nanti menyelesaikan semua." Suara itu semakin jelas berbisik di telinga Narsih.

"Mas Ali!"

Tangis Narsih tumpah melihat sosok lelaki yang selama ini telah membuatnya mengenal agama itu. Selama di perantauan, Narsih diajarkan banyak hal oleh dia.

"Lepaskan dendammu, Dik. Insya Allah semua kejadian bisa diambil hikmahnya. Wudhu, kita sholat jamaah."

Narsih bangkit dari ranjangnya, segera mengambil wudu tanpa mempedulikan pakdhenya yang menatap dengan amarah. Sekarang Narsih sadar, dendam adalah bujukan setan yang justru akan membawanya ke masalah yang lebih rumit. Dia harus pasrah, ikhlas dengan apa yang telah terjadi.

La haula wala kuwwata illa billah.

8 Oktober 2020

Monster dan Bayangan

Ikhwanul Halim

Kalian pasti tak tahu bahwa ada makhluk di kolong tempat tidurku.

Aku pernah melihatnya sekali, saat aku membungkuk mengintip karena mendengar suara halus yang mencurigakan. Dua mata merah menatapku dan berkedip.

Aku tidak tahu seperti apa bentuknya. Dia tak kasat mata. Saat lampu menyala kita tak bisa melihatnya.

Terkadang aku mendengarnya menggeram. Kali lain mendengkur seperti suara anak kucing. Tapi saat-saat sunyi lah yang paling menakutkan bagiku, karena aku tahu dia sedang berpikir, *memikirkanku*.

Dan sekarang sunyi sepi.

Papa bilang itu hanya mimpi burukku belaka. Tapi aku tahu itu tidak benar karena aku tidak bermimpi, dan itu selalu terjadi sebelum aku terlelap. Ketika aku mencoba menjelaskan kepada Papa bahwa aku tidak bermimpi, dia hanya membentak, "Johan, tidurlah!"

Jika Papa memanggilku 'Johan'—bukan 'Jo'—berarti Papa sedang marah.

Ada bayangan lain di pojok kamar. Dia hanya muncul saat lampu padam bersama suara dari bawah kolong tempat tidur.

Bayangan itu hanya berdiri di sana dan menatapku dengan matanya yang hijau. Pernah sekali dia menyentuhku, masuk ke dalam tubuhku dan mencengkeram jantungku. Aku dibuatnya tak mampu bergerak. Papa datang menyalakan lampu dan menyelamatkanku saat itu.

Aku tidak pernah merasa kedinginan, bahkan saat pendingin ruangan disetel pada suhu terendah. Aku ingin tahu apakah kematian itu dingin.

Makhluk di kolong tempat tidur tertawa, dan tawanya tidak enak didengar. Melengking dan bergema di telinga dan dalam kepalaku. Mama bilang aku punya imajinasi yang liar.

Tapi kemudian bayang-bayang membawa dia dan Papa. Aku tidak pernah mendengar mereka berteriak seperti saat itu. Teriakan mereka lebih menakutkan dibandingkan atau suara makhluk dari bawah kolong tempat tidur.

Bayangan sekarang bergerak mendekat.

Dan makhluk di bawah kolong tempat tidur? Dia sedang menduduki dadaku, menggeram. Mulutnya terbuka, napasnya menghembuskan bau anyir. Liurnya menetes dari taringnya yang tajam, siap memangsaku.

Aku ingin bangun dan lari, tapi tak bisa. Suara melengking berdengung di otakku, tubuhku mati rasa. Suara-suara berasal dari segala penjuru, tapi aku tidak bisa mendengar apa yang dikatakannya.

Bayangan itu menggapaiku untuk terakhir kalinya.

Bandung, 24 September 2020

Tumbal

Irene Teng Siat Hwa

Bahrum memarkir mobilnya dengan tak sabar. Bemper hampir menyenggol pot, tapi ia tidak peduli. Pikirannya kalut. Galau.

"Mah..., Mamah!" Bahrum berteriak seperti anak kecil.

Seorang pembantu tergopoh-gopoh mendatanginya. "Ibu lagi keluar, Pak. Katanya ke salon."

Bahrum mengernyit. *Pembantu mana lagi ini?* Sudah beberapa kali istrinya berganti-ganti pembantu dan satpam dalam beberapa bulan terakhir. *Halah*, pikir Bahrum. Biarkan saja, terserah mau ganti sampai seratus kali. Toh aku mampu membayarnya.

Novi memang bukan istri pertama, juga bukan istri termuda, tapi Novi adalah istri yang paling dipercaya. Sewaktu bisnisnya sebagai kontraktor mulai menanjak, Novi adalah akuntan merangkap sekretarisnya.

Bahrum ingat, dulu mereka sering bermain gila di kantor, ketika semua sudah pulang. Tatkala suami Novi memergoki, Bahrum langsung membayar sejumlah uang. Hanya empat bulan setelah ketok palu cerai, Bahrum menikahi Novi.

Sejak itu usahanya makin berkembang. Berbagai proyek lumayan besar ditanganinya. Tahun-tahun belakangan ia malah mendapat mega proyek, semisal reklamasi pulau dan jalan-jalan tol maha panjang.

Sekarang ia mengerjakan lagi mega proyek. Jembatan antar pulau dengan bujet 5 triliun. TRILIUN. Kalau dia pintar-pintar, keuntungan bersihnya bisa mencapai dua T. Dan kalau mengantongi dua T, jangankan gonta-ganti pembantu-satpam, ganti muka lapis emas pun bisa. Tapi untuk membangun jembatan sepanjang itu, harus betul-betul cermat. Dan *ada harga yang harus dibayar.*

Keningnya berdenyut lagi.

Apa kata Mbah Sumanto tadi? Dua kepala? Huh, pikir Bahrum. Cari di mana lagi.

Sebetulnya tidak tiap proyek mensyaratkan tumbal. Namun karena Bahrum bermain nakal dan tidak percaya diri, ia kerap menggunakan tumbal. Mulai dari kepala kambing, kepala kerbau, hingga kepala manusia untuk jembatan-jembatan super panjang. Tumbal biasanya ditanam pada saat peresmian proyek, sebelum dimulai pengerjaan.

Karena itulah ia berusaha menghubungi Novi. Istrinya itu banyak akal. Selama ini Novi selalu berhasil mendapatkan kepala. Biasanya kepala anak-anak. Entah kepala anak siapa-siapa dan dari mana, Bahrum tidak mau tahu.

Tapi ponsel Novi tidak aktif. Akhirnya ia ke rumah. Ternyata Novi lagi di salon. Pantas ponselnya mati. Bahrum menggeram. Ah, ia istirahat saja di kamar. Toh peresmian proyek jembatan itu masih minggu depan.

"Bik!" ia memanggil.

Pembantu tadi datang lagi, tertunduk-tunduk. "Ya, Pak?"

"Ambilkan bir dingin. Nanti antar ke kamar," perintah Bahrum.

Pembantu itu mengangguk-angguk.

Bahrum masuk ke kamar. Kamar itu terasa sejuk dan nyaman. Samar-samar tercium harum parfum. Dasar perempuan, pikir Bahrum heran, selalu pakai minyak wangi seperti mandi. Walaupun sudah pergi berjam-jam, baunya masih ada.

Pembantu mengantarkan bir hitam dingin dalam gelas. Pembantu baru, belum tahu bahwa tuannya lebih suka minum langsung dari kaleng. Ah, tak apalah. Bahrum meneguk birnya dengan nikmat.

Ia mulai merasa rileks dan agak mengantuk. Direbahkannya tubuh di ranjang. Ranjang yang empuk dan nyaman. Harum. Tiba-tiba ia tersadar. *Ini bukan bau parfum Novi.*

Ini bau minyak wangi siapa ya? Ia mengingat-ingat.

"Sudah ngantuk, Mas?"

Bahrum membuka mata. Lita sedang menunduk ke arahnya. Tersenyum. Manis sekali. Bahrum membelalak heran. *Kenapa tiba-tiba ada istri pertamanya di sini?*

Lita tertawa geli. Namun tawanya anggun. Tidak seperti cekikik Novi atau cekakak Vero atau ringkik Shella. Lita membelai-belai kening Bahrum, turun ke hidung, lalu ke mulutnya.

Keringat dingin membasahi sekujur tubuh Bahrum. Ia mencoba bergerak, namun badannya lemas luar biasa.

Bir itu, pasti ada apa-apanya. Ia menyumpah dalam hati.

"Kok kamu di *cini?*" tanyanya dengan lidah cadel.

"Aku mau cari kepala," Lita kembali tertawa kecil. "Sudah dapat satu. Tinggal satu lagi."

Kepala Novi?

Bahrum sudah tidak mampu berkata-kata, tapi Lita mengerti. Ia mengangguk sambil tersenyum.

"Jangan kuatir, Mas. Nanti kepala kalian *disatuin* kok. Biar tetap *ketemu,*" Lita tertawa lalu bertepuk tangan.

Beberapa satpam dan pembantu masuk ke kamar, merubungi Bahrum.

"Lihatlah baik-baik," Lita menunjuk hidung Bahrum dengan telunjuknya yang putih lentik. "Inilah dia orangnya yang mengorbankan kepala anak-anak kalian."

Para satpam dan pembantu menunduk memperhatikan wajah Bahrum lekat-lekat. Tatapan mereka penuh sorot kebencian. Tatapan orang tua terhadap orang yang telah membunuh anak mereka hanya demi uang.

Bahrum membeliak. Mulut dan lidah kelu sepenuhnya. Ia mencoba menggeleng namun tidak mampu. Sesuatu menetes di keningnya. Air mata Lita.

"Mas, aku ingin titip salam buat Awang, tapi aku tahu, tempat kalian beda."

Awang. Anak itu mengalami keterbelakangan. Suka bermain liur dan tahinya sendiri. Membuatnya malu dan jijik. Awang. Anak sulungnya dari Lita. *Tumbal pertamanya.*

Ternyata selama ini Lita tahu. Air mata Bahrum meleleh, namun kini sesal tiada arti.

Lita bangkit. "Bereskan," ia memerintah.

Seorang lelaki berseragam satpam mengangkat sesuatu. Pisau. Kemudian menghunjam. Terasa sakit luar biasa di dada.

Bahrum kelojotan.

15 Oktober 2020

Satu Jam Menjelang Tengah Malam

Jati Kumoro

Sudah menjadi kebiasaan Jarot yang tiap hendak berangkat ronda mesti pamitan sembari mencium kening Wanti istrinya di teras depan rumah kontrakannya yang berada di pojok desa, berdekatan dengan makam kuno.

"Aku berangkat ronda dulu, ya sayang", pamit Jarot kepada istrinya.

Sepeninggal Jarot, Wanti lalu masuk ke dalam rumah dan sekilas melihat jam yang terpasang di dinding menunjukkan pukul 22.30. Dengan kesal Wanti lalu masuk ke kamar dan direbahkanlah tubuhnya ke kasur. "Sudah hujan, sepi, dingin pula udaranya, eh, malah ditinggal suami ronda,"gerutunya.

Dengan tubuh yang berada di bawah selimut tebal untuk mengatasi hawa dingin, mata Wanti hanya berkedap-kedip memandang langit-langit rumah kontrakannya.

"Ceklek, ceklek!" suara selot pintu yang bergerak dan diiringi ketukan serta sapaan pada pintu depan rumahnya membangunkan lamunan panjang Wanti.

Wanti bergegas bangun dan berjalan menuju pintu sembari menyapa orang yang mengetuk pintu rumahnya. "Aku, dik,"jawab orang yang mengetuk pintu.

Mendengar suara itu sumringahlah wajah Wanti, karena suara dari orang yang mengetuk pintu itu adalah suara Jarot suaminya. Dibukanya pintu rumah itu dengan cepat.

"Tak jadi ronda, mas?" tanya Wanti. "Gardu masih kosong, mungkin masih menunggu hujan reda. Daripada kedinginan dan bengong di gardu sendirian mending pulanglah, nanti 'kan ada yang menghampiri kalau berangkat ronda," jawab Jarot yang kemudian memeluk tubuh Warni.

"Duh, jangan di depan pintu mas. Nanti kalau ada yang melihat bisa heboh dusun ini," canda Wanti yang kemudian menutup pintu rumahnya.

Entah karena kondisi hujan dan dingin sehingga menciptakan suasana yang syahdu, atau memang karena keduanya sedang dimabuk asmara, tak ayal lagi kedua insan manusia berlainan jenis ini pun memulai memadu asmara dengan hasrat yang menggelora. Dayung-dayung asmara pun mulai dikayuh untuk merengkuh pulau kenikmatan sebagai titik tujuan pelayaran asmara.

Ketika Wanti telah mencapai pulau ketiga dalam pelayaran asmaranya, barulah Jarot mengakhiri kayuh dayung gelora hasratnya. Mereka berdua telah tiba secara bersamaan di titik tujuan akhir pelayaran asmara. Kini yang tertinggal hanyalah deru napas yang saling bersahutan dan peluh keringat yang membanjiri tubuhnya mengiringi wajah-wajah yang puas dan penuh kebahagiaan.

Beberapa saat kemudian Jarot bangkit dan berjalan sambil membawa pakaian menuju ke kamar mandi yang ada di belakang rumah. Sementara Wanti dengan perasaan malas malah membenamkan dirinya di balik selimut untuk melindungi tubuhnya dari hawa dingin.

Tak berapa lama kemudian terdengar suara Jarot yang pamit akan berangkat ronda lagi walau hujan masih belum reda.

"Mas bawa kunci rumah saja, jadi nanti kalau pulang tak perlu membangunkan aku," balas Wanti dari atas kasur saat menjawab pamitan suaminya.

Sepeninggal Jarot, Wanti pun dapat tidur dengan nyenyak diiringi rasa lega yang tak terlukiskan, hingga tahu-tahu sinar mentari pagi sudah memancarkan cahayanya tanda buana sudah membuka hari yang baru. Dengan tubuh yang masih capai dan lemas, Wanti pun bangun untuk memulai menjalani rutinitas yang mesti dilakukannya, mulai dari menyiapkan sarapan untuk suaminya yang akan berangkat bekerja di kantor kecamatan, belanja keperluan dapur di pasar sampai dengan menyiapkan apa saja yang mesti harus dibawanya ke kios pasar, di mana dia biasa berjualan pakaian.

Setelah suaminya berangkat kerja dan dia sendiri sudah selesai dengan pekerjaan rumah, Wanti pun bersiap-siap untuk belanja ke pasar. Namun sayang, sesaat kedua kakinya baru beberapa langkah meninggalkan rumah kontrakannya, dua orang ibu-ibu yang sepantar dengan usianya dengan naik sepeda motor *matic* berhenti mendadak di depan rumahnya.

"Owalahh... mbak Karni dan mbak Suti ini lho, bikin orang kaget saja!" seru Wanti yang memang sedikit kaget karena hadirnya kedua orang tetangganya yang secara tiba-tiba itu.

Setelah meminggirkan kendaraannya, Karni dan Suti pun menghampiri Wanti. "Wah, dik Wanti ini masih muda saja koq gampang kagetan, "canda Karni.

"Eh, omong-omong ya dik Wanti, semalam itu heboh sekali di teras rumahku. Dari jam sebelum tengah malam sampai mau mendekati waktu subuh, bapak-bapak yang ronda pada asyik main kartu remi setelah keliling desa. Mereka tak di gardu karena kalau hujan, gardu ronda yang sempit itu tak enak buat main kartu," celoteh Karni.

"Coba kalau tadi malam dik Wanti ikut gabung, 'kan jadi tambah gayeng suasana di rumahku. Ada mbak Suti ini, bu RT sama bu Dukuh. Asyik pokoknya. Yang bapak-bapak ronda plus main kartu di teras, kita ibu-ibu ini pada bercanda di dalam rumah, hihihi!" kata Karni sambil tertawa sementara Suti hanya tersenyum saja.

"'Kan di sana Mas Jarot-mu juga ada, malah dia yang datang paling awal bebarengan dengan kang Sapar sama kang Dulah. Belum ada jam sebelas malam mereka berempat sama mas Andi suamiku sudah ronda keliling kampung. Habis itu langsung lanjut main kartu. Wah, kompak banget mereka berempat ini, apalagi kalau soal main kartu sambil ngopi-ngopi. Aku sama mbak Suti ini yang harus repot menyiapkan minuman dan *pacitan*-nya, tapi melihat keakraban dan guyubnya itu malah membuatku senang," Karni terus saja bicara seperti pembawa berita di TV.

"Mas Jarot datang sebelum jam sebelas malam terus ronda dan dilanjut dengan main kartu?" tanya Wanti dengan sedikit berteriak.

"Lho, memangnya kenapa dik Wanti, sudah biasa 'kan, mereka berempat seperti itu? Toh, mereka main kartu hanya sekadar bermain tanpa taruhan uang," Suti yang dari tadi diam ganti bertanya dan berkata setelah melihat raut wajah Wanti yang mendadak berubah pucat.

Keringat dingin membasahi tubuh Wanti. Cepat-cepat dia berpamitan kepada dua orang ibu-ibu yang menjadi tetangganya itu. Dilangkahkan kakinya dengan tergesa-gesa untuk segera menuju ke Kantor Kecamatan tempat suaminya bekerja, tanpa menghiraukan pandangan keheranan dari kedua perempuan tetangganya itu.

Di dalam benaknya yang ada hanya sebuah pertanyaan.

Jika mas Jarot semalam ronda dari sebelum jam sebelas malam sampai menjelang subuh, lalu siapa lelaki perkasa yang bercinta dengan dirinya satu jam menjelang tengah malam tadi?

17 Oktober 2020

Arwah Hantu Cantik

Kang Slamet

Kami berempat betul-betul capai setelah seharian memasang tenda dan menata kursi pesta perkawinan salah satu kerabat sehingga malam itu kami betul-betul merasa betapa otot punggung terasa begitu kaku. Niat memejamkan mata sangat sulit karena nyamuk-nyamuk nakal begitu mengganggu, selain karena rasal pegal linu yang menempel di punggung. Sambil *rebahan,* kami menghibur diri dengan *ngrasani* si pengantin pria yang pengangguran. *Kok berani melamar putri Wak Haji yang cantik?*

Sedang asyik membicarakan si pengantin yang sedang menikmati malam pertama, tiba-tiba saja sekelebat bayangan hitam jatuh dari pohon mangga.

Krosaaaak... gedebug!

Sontak ketiga saudaraku langsung mendekati arah suara tempat jatuhnya sekelebatan bayangan hitam. Tak ada apa pun yang tergeletak. Tanpa babibu tiga saudaraku langsung masuk ke ruang tamu, lalu merebahkan diri di sampingku. Pembicaraan pun mengarah pada sesosok lelembut yang berniat menggoda atau memberi pertanda. Entah menggoda siapa dan pertanda apa. Yang jelas kami yakin itu adalah lelembut. Sebab jika kucing jatuh jelas tak bersuara, sebab sekali pun jatuh dari tempat tinggi kucing selalu jatuh kakinya dulu tanpa bersuara.

Jam tiga pagi kami sudah terbangun karena memang tak bisa tidur.

"Ayo *nyapu* halaman saja" ajak Santo.

"Kita lipat kursi dan naikkan ke pikap saja, biar nanti tinggal angkut ke kantor," ajak Heri

Akhirnya kami pun melipat kursi dan menaikkan ke pikap dengan pelan agar tak mengganggu suasana dini hari yang tenang.

"Aduh rajin sekali para perjaka ini," kata seorang gadis biadan (wanita yang membantu masak di pesta perkawinan). Tentu saja sapaan genit ini membuat kami tergoda namun saat akan membalas ternyata tak mampu.

"Nanti kalau sudah selesai akan kuberi hadiah," lanjutnya.

"Hadiah apa Mbak?" tanyaku.

"Sudahlah....pokoknya enak." Sambil berkata demikian wanita biadan ini pergi meninggalkan kami yang terpana. Tapi kami kembali kaget, tepat di bawah pohon mangga ia menghilang dari tatapan kami.

***

Semakin membuat kami penasaran kala peristiwa ini kami ceritakan pada Bude Surti, ternyata wanita biadan itu masih tidur kecapaian. Untuk membuktikannya saya yang *ndableg* ini langsung melihat ke kamar tempat para biadan tidur. Dan, memang kulihat si wanita biadan yang masih muda ini sedang tidur *njebablah* setengah pulas. Busyet.... pikirku.

***

Jam 8 pagi kami sudah berada di kantor PTT (Pos Telegraf dan Telepon) untuk mengembalikan kursi lipat yang dipinjam. Karena capai luar biasa, kursi yang jumlahnya sekitar 100 buah tidak kami angkat tapi kami seret sehingga ada beberapa sampah kertas yang terbawa. Tiga puluh menit kursi sudah beres semua, lalu kami duduk sambil membicarakan kembali peristiwa tengah malam dan dini hari tadi. Saat bicara ini, tiba-tiba mata kami terbelalak pada sebuah amplop coklat sedikit terbuka dan kelihatan segepok uang ribuan. Padahal sebelumnya kami anggap sampah. Karena takut, amplop yang kami temukan baru kami buka jam 10 pagi di sebuah kuburan Sanan (sekarang perumahan Sulfat Raya Malang).

Astaga! Jumlah uangnya sebesar 400 ribu. Padahal saat itu harga sepeda motor bebek hanya 360 ribu!

Uang siapa? Entahlah. Mungkin uang suap untuk memasang telepon kala itu memang perlu sogokan dulu.

Setelah cukup lama duduk di atas makam untuk menghilangkan rasa takut dan sejenisnya kami pergi. Alangkah kagetnya di batu nisan tertulis:

Supartinah
Lahir, 24 Juli 1964
Wafat, 12 September 1981

Ini gadis cantik yang menghilang di bawah pohon mangga dini hari tadi.

Menurut cerita Bude Surti, Supartinah meninggal empat puluh hari lalu karena jatuh dari sepeda motor.

14 September 2020

Mitos 7 Tetangga (Dijemput Orang Mati)

Kiki MD

"Stttt … meneng disik. Kie lho, ono jujulan kematian," suara Mak Yah mengajak tetangga yang sedang mengantre sayur diharap diam. Sontak yang mendengar berita duka dari mikrofon masjid terperangah.

"*Innalilahi wa innailaihi roji'un. Astaghfirullah*, Mbah Min. Memang sakit apa? Dua hari lalu masih ke masjid, 'kan?" terang ibu yang membawa kantong plastik berisi sayuran.

"Iyo, ono seng weruh ora, kenopo?" tanya ibu di sampingnya lagi.

Pagi itu sekitar pukul delapan, muazin masjid Ar-Rahman telah meninggal dunia. Kabarnya karena sakit, namun, tak sampai lama. Dua minggu setelah diberangkatkan umroh oleh pihak masjid beliau wafat.

Kematian orang alim selalu membawa kesedihan tersendiri bagi warga yang mendengar.

"Ya, Allah, berarti sudah lima orang, ya …."

"*Innalilahi roji'un*, katanya jika yang mati dengan kurun waktu pendek berbarengan, kabarnya akan mengajak tetangga yang dipilih untuk ikut dengan mereka," Bu Bejo menanggapi lebih panjang.

"Iya, aku juga kerap dengar, kok. Kabarnya sampai tujuh orang, baru selesai itu yang mati," tanggapan Mbah Siroh makin meyakinkan.

"Tiros'e kepiye, Mbah, yen iso mandek'ne kematian, ben ora mrepeti tonggone (merambat ke tetangga lainnya)?"

Pertanyaan demi pertanyaan semakin melebar. Beberapa bergidik ngeri, ada yang mengambil belanjaan dan langsung pulang. Ada yang mendekat kepada Mbah Siroh untuk mendengar lebih jelas penangkalnya.

Kurun waktu satu minggu di kampung Bubutan terus saja ada berita duka, naasnya tempat orang meninggal berdekatan. Paling jauh beda RT. Bagi yang amalnya *cetek* pasti memercayai mitos tersebut, bagi yang tidak percaya menganggapnya angin lalu.

"Pengalamanku pas tinggal di desa asalku sana, gampang kok. *Ngerti genteng*, 'kan? *Jupuk siji, njupuk'e pas mbengi*, habis *magriban*, lah. *Terus pas njupuk'e ora entuk didelok uwong."* Mbah Siroh masih terus bercerita.

"Terus, Mbah, aku penasaran," sela ibu yang tadi mengambil tempe dan disatukan dengan sayur yang dipilih.

"Isih, tho, 'kan aku yo cerito, ojo dipedot. Nah, genteng'e mau kuwi dipecah ngarep omah. Trus dewek'e ngucap 'amit-amit jabang bayi, mandek'o tutuk kono tok, ojo mbrambat maneh."

Para warga yang berkumpul manggut-manggut mendengar penjelasan Mbah Siroh. Setelah belanjaan mereka selesai, satu per satu warga semakin menyusut dan habis, pulang ke rumah masing-masing.

***

Gelapnya malam semakin pekat, kampung Bubutan biasanya masih ramai di jam sepuluhan malam. Tidak kali ini, bisa jadi karena warga cemas akan berita kematian yang terus datang.

"Pak, sudah dengar, kan, banyak orang meninggal di kampung kita? Sudah lima orang, lho! Kata Mbah Siroh—tetangga kita suruh ngambil *genteng* dan *dipecahin* di depan rumah. Ayo, Pak, *gak* ada salahnya *lho,* mencoba. Cuma *ngambil ajah*, kok." Sumik yang tadi mendengar cerita dari warga ketika sedang belanja membuka percakapan.

"Halah, jangan percaya mitos, Bu ... jodoh, hidup, mati, rezeki seseorang itu hak Allah, jadi manusia tidak bisa menghakimi atau menjadi maha penentu."

"Alah, Bapak, ini kalau dibilangi bukan malah dilaksanakan kok ceramah sama aku. Kalau ndak mau ya udah, aku juga bisa sendiri, kok." Sumik jengkel dan berlalu meninggalkan suaminya. Ia membuka pintu belakang melihat sekeliling kanan dan kiri. Mengangkat *andang* yang parkir di belakang rumah dan mulai menaikinya, sesampai di ujung talang pembuangan air ia dikejutkan oleh putih-putih yang menyembul-nyembul di balik genteng tepat di dekat rumah Mbah Siroh. Darahnya berdesir seakan turun ke bawah, kakinya mulai dingin, degup jantungnya tak karuan.

"Set-setaaannn," teriakan Sumik membuat pijakannya oleng dan jatuh sukses mencium tanah, dengan posisi telungkup dan kedua tangannya telentang. Beberengan dengan jatuhnya Sumik ada juga suara dentuman yang keras diiringi suara teriakan, "Aaaa ..."

Mendengar ada yang tidak beres, Sumik kembali berteriak, "Bapak ... *tulung*, Pak, aku jatuh ini, *lho*."

Mendengar teriakkan Sumik lantas sang suami segera menghambur padanya. "*Lha, kok* bisa jatuh *gini, gimana* ceritanya, *Bu'e?*"

"*Udah*, jangan banyak tanya, *bantuin* berdiri!" Sumik masih ngoceh.

Setelah dibantu bangun, ia penasaran dengan suara teriakan. Perlahan sambil dituntun sang suami mencoba mencari keberadaan suara.

"Pak, saat saya jatuh tadi ada suara gedebuk juga, tapi gak tahu, coba lihat di rumah Mbah Siroh."

Untuk memastikan ucapan istrinya, mereka berjalan menuju rumah Mbah Siroh meski Sumik berjalan dengan tertatih.

"Ya Allah, Mbah Siroh ...." Suami Sumik mendekat pada tubuh Mbah Siroh yang terjatuh dengan posisi tertelungkup, satu kakinya masih menyangkut pada anak tangga yang terbuat dari bambu.

"Pak, jangan-jangan Mbah Siroh mau manjat?" selidik Sumik pada suaminya, "Coba, Bapak balik tubuhnya dan lihat keadaannya. Si suami menurut dan melakukan seperti yang disarankan oleh istrinya.

"*Innalilahi wa innailaihi roji'un*, Mbah Siroh, Bu, sudah *ndak* ada umur."

Tampak darah kental merembes melalui kedua cuping hidungnya. Sumik membekap mulutnya sendiri, tak percaya dengan apa yang dilihatnya. Padahal pagi tadi ia masih melihat sehat-bugar, tahu-tahu sekarang sudah meninggal.

"Ya Allah, Pak, berarti sudah enam orang, kurang satu lagi, apalagi kita bertetangga. Aku takut, Pak." Sumik bergidik ngeri beberapa kali menggosok lengannya sendiri.

"Hus, kamu ngomong apa, sih!" bentak suami Sumik. "Sudah sana tolong kabari Pak Imam biar dibantu sampaikan ke Pak RT," perintah suaminya lagi.

Sumik hanya mengangguk dan berjalan tertatih ke arah samping kiri. Ketika di tengah jalan ia menemukan potongan genteng yang terdapat di ujung pagar rumah Pak Imam tetangga mereka, Sumik kembali menajamkan mata, ditengok kanan-kiri sekitarnya, memastikan keadaan sepi. Lantas memungut pecahan genteng dan mulai membantingnya, sembari mulutnya komat-kamit.

"Amit-amit jabang bayi, mandek'o tutuk kono tok, ojo mbrambat maneh."

27 Oktober 2020

Tumbal Pesugihan

Lilik Fatimah Azzahra

Malam itu Ratmo terlihat sangat bergairah. Ia menarik lengan Sumi—istrinya, mengajak tidur lebih awal dari biasanya.

Dengan napas terengah ia membisiki sesuatu di telinga perempuan itu. Sesuatu yang sungguh terdengar amat muskil.

"Dalam waktu dekat kita bisa kaya raya, Sum. Tanpa bekerja."

"Omong kosong, Kang! Di mana-mana orang kalau mau kaya, ya harus bekerja. Kecuali..." Sumi menghentikan kalimatnya.

"Kecuali apa? Punya warisan?"

Pembicaraan terhenti sejenak. Ratmo mulai melepaskan kain sarungnya. Sumi mundur beberapa langkah.

"Tunggu dulu Kang! Stok pengamanmu sudah habis. Aku tidak mau hamil lagi!" Suara Sumi sedikit gusar. Membuat Ratmo menaikkan kembali kain sarungnya dan menatap istrinya dengan wajah geram.

"Begitu seringnya kau menolakku, Sum. Ingat! Kalau nanti aku sudah punya banyak uang, jangan protes jika aku cari perempuan lain!"

***

Malam Jumat Kliwon. Suasana hening di area pemakaman Gunung Kawi seperti sengaja diciptakan. Beberapa orang duduk terpekur mengelilingi cungkup yang halamannya ditumbuhi pohon dewandaru, berharap kejatuhan daunnya tepat di atas ubun-ubun kepala mereka.

Tak terkecuali Ratmo. Laki-laki usia empat puluhan itu sejak petang tadi sudah menggelar kertas koran, duduk berbaur bersama orang-orang yang berkepentingan seperti dirinya. Mencari *pesugihan*.

Ya. Sejak berabad silam Gunung Kawi memang identik dengan tempat *jujugan* para pemburu *pesugihan*. Menurut kabar yang beredar, bahkan tak jarang pejabat dan bos-bos pemilik perusahaan besar pernah mengadu peruntungan di sini.

Jika yang sudah kaya saja masih berharap hartanya semakin bertambah, mengapa yang miskin seperti dirinya tidak? Ratmo membatin. Meski untuk menuju kaya itu— menurut juru kunci makam, ada beberapa prosesi ritual dan tumbal yang harus dipenuhi.

"Tidak ada sesuatu yang gratis di dunia ini. Bangsa *lelembut* pun butuh timbal balik." Begitu sang juru kunci menjelaskan.

Prosesi ritual "tahan melek" menunggu daun dewandaru jatuh di ubun-ubun kepala, Ratmo menyanggupi. Tapi untuk tumbal? Ah, nantilah. *Belum terpikirkan*.

Malam semakin jatuh di lubang keheningan. Banyak orang mengundurkan diri dari ritual "tahan melek" malam itu. Mereka yang tertidur dinyatakan gugur dan harus rela pergi meninggalkan area pemakaman.

Suara burung hantu menggema berulang kali dari kejauhan. Ratmo menoleh ke kanan dan ke kiri. Hanya tinggal dirinya dan satu orang lagi yang bertahan tinggal, di sana.

Orang itu menutupi kepala hingga ujung kakinya dengan kain sarung. Sepertinya ia menghindari kerumunan nyamuk lapar yang merajalela.

Tepat pukul tiga dini hari, angin bertiup sangat kencang. Dua lembar daun dewandaru melayang di udara, lalu jatuh tepat di atas kepala Ratmo dan orang berselimut sarung itu. Juru kunci makam muncul, melambaikan tangan memberi aba-aba agar dua orang itu mengikutinya.

Mereka tiba di sebuah bangunan tua yang terletak di sebelah kiri makam. Aroma dupa seketika menguar menusuk hidung. Ratmo sampai terbatuk-batuk dibuatnya.

"Sekarang tinggal memilih tumbal untuk sesembahan kepada perewangan yang akan membantu kalian mengumpulkan kekayaan." Juru kunci menyodorkan secarik kertas dan pulpen. Masing-masing orang diminta mencatat nama yang akan dijadikan tumbal.

Ratmo tanpa ragu menulis "Sumi".

"Mau diapakan orang ini? Dibuat setengah gila atau mati?"

"Setengah gila saja."

Juru kunci lalu menoleh ke arah orang satunya yang berselimut sarung.

"Sudah ditulis nama tumbalnya?"

Orang berselimut sarung itu menganggguk. Lalu menunjukkan kertas di tangannya. Tinggi-tinggi.

"Tumbal namanya Ratmo. Dia suami saya. Buat orang ini impoten."

Malang, 24 September 2020

Misteri Gedung Tua Kampus A

Mim Yudiarto

Indah, Dewi dan beberapa temannya terburu-buru membereskan buku dan alat-alat praktikum. Sekarang pukul 10 malam. Mereka tidak mau ketinggalan nonton drama korea yang sedang seru-serunya. Apalagi ibu asrama yang baru sungguh ketat dan disiplin. Lewat dari pukul 11 malam, maka gerbang pintu asrama tidak akan dibuka.

Laboratorium Fisika tempat praktek ini terletak di Kampus A. Sebuah gedung peninggalan zaman Belanda yang masih terlihat kokoh dan kuat. Aura catnya yang kelabu suram menambah kesan misterius. Apalagi semenjak lama telah beredar kisah-kisah di luar jangkauan nalar di gedung ini. Suara-suara langkah yang sering terdengar pada saat tengah malam. Rintihan-rintihan lirih penuh nada kesakitan sering membuat para penjaga malam lari lintang pukang.

Bahkan konon, seorang mahasiswa nekat yang mencoba bertahan hingga tengah malam untuk membuktikan keberanian kepada teman-temannya, didapati pingsan esok paginya. Selama beberapa hari setelah peristiwa itu, si mahasiswa seringkali dipergoki duduk di pojokan kamar kosnya dengan muka ketakutan dan gigil yang diliputi kengerian.

***

Indah dan Dewi adalah mahasiswa tahun pertama. Mereka tentu saja tidak bisa menghindari keharusan praktek di gedung menakutkan itu. Apalagi bukan cuma mata kuliah Fisika yang harus praktek di gedung ini. Kimia dan Biologi juga. Di ruang yang berbeda tapi gedung yang sama. Dan semua ruangannya mempunyai aura dan cerita yang kurang lebih sama.

Kedua gadis ini berlarian sepanjang lorong menuju pintu keluar yang jaraknya sekitar 50 meter dari tempat praktek Fisika. Suara sepatu gadis-gadis ini mengetuk-ngetuk lantai dan menimbulkan gema pantulan ke langit-langit bangunan yang sangat tinggi. Bahkan Indah dan Dewi seringkali harus mene-ngok ke belakang karena serasa ada yang mengikuti.

Begitu sudah hampir mendekati pintu keluar, mendadak Dewi menghentikan langkahnya. Meraba-raba kantung celana jeansnya, memasukkan tangan ke dalam kantung kantung tasnya, terdiam sejenak lalu berkata kepada Indah dengan muka pucat.

"*Hape*-ku ketinggalan...." Indah ikut memucat. Ini bukan perkara gampang. Asrama tutup tidak lama lagi. Belum lagi mereka akan melalui lagi lorong suram itu untuk kembali ke ruangan yang sudah pasti sangat menyeramkan jika tidak ada orang.

Kedua gadis itu saling menatap. Teman-teman yang lain sudah pulang duluan. Mereka yang paling akhir tadi. Indah tidak tega melihat mata Dewi mulai berkaca-kaca. Dia tahu, Dewi bisa sangat tertekan jika ponsel tidak di tangannya. Pacar Dewi, Sandro, adalah pemuda yang tidak mau tahu meski dalam keadaan sedarurat apapun. Pokoknya Dewi harus selalu bisa dihubungi. Kapanpun. Dalam kondisi apapun. Dewi sendiri tidak pernah melawan pada situasi tidak nyaman ini. Dia mencintai pemuda itu. Teramat sangat.

***

Keduanya saling mengangguk lalu membalikkan badan dan melangkahkan kaki dengan tergesa-gesa menuju ruang praktek Fisika.

Plap...plap....plap....

Seiring dengan langkah mereka, lampu lampu neon tua di sepanjang lorong itu mati secara berurutan mulai dari depan.

Indah dan Dewi menghentikan langkah mereka. Lorong menuju pintu keluar gelap gulita. Tempat mereka berdiri lampunya masih hidup. Kedua gadis ini berpandangan dengan muka miris. *Ini namanya uji nyali.* Keduanya melanjutkan langkah menuju ruang Fisika yang tinggal separuhnya.

Plap! Lampu di tempat mereka berdiri tadi mati. Indah dan Dewi sama-sama terlonjak kaget. Tapi masih penasaran. Keduanya berlari menuju pintu ruang Fisika yang masih terbuka. *Plap...plap.....plap....* berurutan lampu-lampu itu mati.

Indah dan Dewi semakin tercekat hatinya. Keseluruhan lorong keluar gelap gulita. Sinar lampu hanya berasal dari ruangan-ruangan. Termasuk ruang fisika ini. Keduanya masuk bersamaan dengan suara ponsel Dewi yang tergeletak di meja lab menerima panggilan atau mendapatkan kiriman medsos.

Dewi buru-buru meraih ponselnya. Berusaha mematikan nada panggil yang heboh itu. Tidak berhasil! Dewi melotot ke arah layar ponselnya yang cukup besar. Bahkan nada dering itu berubah menjadi suara hembusan angin yang menabrak dinding. Mengerikan. Berulang-ulang.

Indah merasakan ketakutan yang menghebat. Diraihnya ponsel dari tangan Dewi. Dia menyentuh *screen* pada simbol stop. Nada dering itu berhenti. Namun tiba-tiba layar itu terbuka sendiri. Lari ke *media player* dan menampilkan judul sebuah film pendek hitam putih. *Buried Alive.*

Dewi berusaha menghapus film pendek itu dengan menekan tombol *delete*. Gagal!

Brakkk! Pintu lab menutup dengan keras. Indah dan Dewi memalingkan muka bersamaan ke pintu. Pintu itu bukan sekadar menutup. Tapi mengunci juga! Suasana penuh ketegangan melanda dua gadis itu. Apalagi ditambah dengan lampu ruangan secara bergantian mati. Hanya tersisa sebuah lampu kecil di sudut ruangan.

Indah dan Dewi saling mendekat. Tubuh mereka menggigil. Ini keterlaluan!

Dewi melihat lagi layar ponselnya. Masih di judul sebuah video yang sama. Dewi berusaha kembali ke menu. Layar sentuhnya tidak merespon sama sekali. Tetap di file video yang belum terbuka itu. Dewi menatap Indah meminta pertimbangan. Mereka seperti dipaksa untuk melihat video itu oleh sesuatu yang tak nampak. Indah mengangguk. Dewi menyentuh tombol *play*.

Scene 1

Film hitam putih itu menggambarkan sebuah pembangunan gedung. Nampak serombongan pekerja sedang menata susunan batu, mengaduk semen dan mendorong kereta berisi pasir. Seseorang yang terlihat seperti orang Belanda dalam film itu mengangkat tangannya. Sepertinya memberi aba-aba. Seorang lain, pribumi, menggeleng-gelengkan kepala. Sepertinya menolak perintah. Orang pertama terlihat marah dan menyumpah nyumpah. Orang kedua terlihat sabar dan berusaha menjelaskan. ***Gambar berhenti***...

Scene 2

Orang-orang berkumpul mengelilingi seseorang. Bukan, dua orang. Laki-laki dan perempuan. Film itu tanpa suara sehingga Indah dan Dewi hanya bisa menebak-nebak saja apa yang sebenarnya sedang terjadi dalam film tersebut.

Sosok laki-laki yang dikelilingi itu sama seperti laki-laki pada scene 1. Sosok laki-laki yang sedang marah-marah sambil menuding-nuding adalah sosok laki-laki sama di scene 1 juga.

Laki-laki itu berusaha melindungi si perempuan yang terlihat sangat cantik dengan wajah bulenya dalam gambar hitam putih itu. Kedua tangannya direntangkan. Orang-orang di lingkaran itu mendesak maju. Di tangan mereka terlihat tali panjang. ***Gambar berhenti****...*

Scene 3

Terlihat tubuh si laki-laki terikat erat. Tubuhnya menggeletak di lantai tak berdaya. Si perempuan Noni Belanda berjongkok menangis di sudut ruangan sambil berusaha membetulkan bajunya yang robek-robek.

Tubuh laki-laki yang terikat itu diletakkan di sebuah lubang lantai yang belum dicor semen. Beberapa orang lalu menuang adukan semen. Tubuh laki-laki itu dikubur hidup-hidup dalam guyuran semen.

Si Noni Belanda berlari mendekati. Tidak peduli pada kondisi tubuhnya. Sebelum sempat dicegah, membenturkan kepalanya di dinding beton. Dengan kepala berdarah-darah, Noni Belanda itu merangkak mendekati laki-laki yang terikat dan sudah terdiam kaku bersama semen yang membeku. Noni itu tidak sanggup mendekati. Nyawanya melayang tepat saat guyuran semen terakhir mengubur penuh tubuh laki-laki itu. ***Gambar berhenti****...*

Scene 4

Hanya terlihat gambar sebuah kuburan belanda. Bertuliskan di nisan besar; Marielle Von Den Bosch.

Scene 5

Hanya terlihat gambar lantai di depan pintu sebuah ruangan. Darah menggenang membentuk tulisan sebuah nama; Ariyo Sastrono

Scene 6

Lagi-lagi hanya memperlihatkan tulisan yang ditulis dengan darah; Kami saling mencintai... Kumpulkan tulang-tulang kami bersama dalam satu liang lahat, jika tidak maka kami akan terus bergentayangan menghantui....

Lampu-lampu mendadak menyala semua bersamaan dengan selesainya film pendek hitam putih di layar ponsel Dewi. Kedua gadis itu bergidik. Ini pengalaman luar biasa bagi mereka. Mengerikan sekaligus mengharukan. Tragis sekaligus romantis.

***

Berdasarkan laporan kedua gadis itu, pihak rektorat akhirnya membongkar lantai depan pintu ruang lab fisika. Ditemukan belulang yang terekat dengan semen. Laki-laki yang setelahnya diidentifikasi oleh pihak kepolisian bernama Ariyo Sastrono.

Tulang-tulang itu kemudian dibawa dan dimakamkan dalam satu lubang dengan makam bernisan Marielle Von Den Bosch.

20 September 2020

Melawan 3 Dukun Santet

Muthiah Alhasany

Belasan tahun yang lalu, saya terpaksa melawan tiga dukun santet sekaligus. Hal ini saya lakukan untuk melindungi keluarga dari kejahatan melalui kekuatan gaib. Saat itu kekuatan yang diberikan Allah SWT digunakan untuk membasmi angkara murka.

Peristiwa itu terjadi setelah setahun bapak meninggal dunia.

Salah seorang kakak ipar, Narto (nama disamarkan) menyewa dukun santet agar tidak ada yang bisa menghalangi dia. Saya melawan, karena tidak ingin keluarga terganggu.

Awal ceritanya, sejak bapak meninggal, ipar saya ini mulai *nyeleneh*. Memang dia bukan orang yang taat menjalankan ibadah. Ia berasal dari keluarga "abangan" yang dikenal lebih pada ajaran kepercayaan.

Mas Narto mungkin hanya takut pada bapak, sehingga dia salat kalau di rumah. Tetapi semenjak bapak mangkat, ia jarang salat. Bahkan dia sering keluyuran bersama teman-temannya sampai larut malam.

Pada suatu hari di bulan Ramadhan, kakak saya menemukan celana dalam wanita di kantong celana panjang suaminya. Ia terkejut dan *shock*, merasa bahwa itu bukan miliknya. Seketika kecurigaan dia bangkit, menduga bahwa suaminya selingkuh.

Mas Narto dicecar pertanyaan oleh kakak. Tetapi dia berkelit bahwa celana itu titipan temannya. *Sungguh tidak masuk akal, mana ada seorang lelaki mengantongi celana dalam titipan?*

Buntut dari kecurigaan itu, kakak perempuan saya itu meminta kakak laki-laki untuk membuntuti suaminya. Mereka berdua mengikuti kepergian Mas Narto dengan berboncengan sepeda motor. Hingga pada akhirnya mereka menemukan Mas Narto di rumah seorang janda pada waktu sahur, sekitar pukul tiga dini hari.

Betapa remuk redam hati kakak saya. Dia menangis dan histris ketika pulang ke rumah. Ibu tentu saja menjadi murka dan memberi ultimatum agar kakak minta cerai.

Dalam sidang keluarga, ipar saya tetap tidak mau mengaku. Dia mengatakan hanya mampir setelah menyelesaikan laporan kerja. *Secara logika, patutkah seorang laki-laki berada di rumah janda pada dini hari di malam Ramadan?*

Keluarga tetap pada keputusan agar kakak bercerai. Ibu sangat marah dengan menantunya. Maka pengajuan cerai dibuat dan dilayangkan ke pengadilan agama.

Ipar saya tidak pulang-pulang. Di saat Lebaran malah tidak mau meminta maaf atas kesalahannya. Hari ketiga Lebaran, tetiba kakak menangis-nangis minta kembali kepada suaminya.

Semula tangisannya dianggap biasa, ternyata kemudian berubah histris berteriak-teriak memanggil nama suaminya. Ketika dinasehati ia justru mengamuk.

Melihat kondisi yang tidak beres itu, saya sadar bahwa kakak dipengaruhi sesuatu. Saya bersuci, sholat hajat, membacakan doa khusus melalui media segelas air putih yang kemudian diminumkan pada kakak. Akhirnya kakak normal kembali.

Kami sekeluarga sadar bahwa mas Narto telah menyewa dukun santet. Dan rupanya ia tidak menyerah dengan kegagalan pertama. Saya mendapat petunjuk bahwa ia akan menyerang lagi. Kali ini ia menyewa tiga dukun sekaligus dari Sukabumi.

Saya tidak tahu pasti kekuatan mereka, karena itu saya memanggil sepupu dari Cirebon yang juga mempunyai ilmu. Maka kami bersiap menghadapi serangan berikutnya. Kami berbagi tugas, saya melindungi rumah dan isinya, sedangkan dia melawan ketiga dukun tersebut.

Malam harinya, saya tidak dapat tidur. Firasat saya mengatakan, serangan mereka akan dilancarkan. Pukul sebelas malam, saya bersuci, sholat hajat meminta perlindungan kepada Allah SWT. Saya membaca Asmaul Husna 5000 kali sambil mengerahkan kekuatan memayungi rumah.

Tepat pukul dua belas malam, rumah seperti dihujani ribuan batu, terutama di atas kamar saya. Memang saya dianggap penghalang utama. Mas Narto mengetahui kelebihan saya dan posisi saya sebagai pelindung keluarga setelah bapak meninggal.

Bunyi *pletak pletok* suara batu yang menghujani kamar dan mental kembali. Saya mengerahkan segenap kekuatan dan berkonsentrasi dengan zikir. Alhamdulillah, jam dua dini hari serangan mereda dan kemudian terdiam.

Setelah subuh, saya dan sepupu membicarakan perlawanan semalam. Sepupu saya berhasil mengembalikan serangan kepada ketiga dukun tersebut. Mereka lalu menyerah dan meminta maaf.

Sayangnya kakak ipar tidak bertobat dengan kegagalan tersebut. Meski ketiga dukun dari Sukabumi tidak mau lagi dibayar, Mas Narto berusaha mencari dukun lain.

Kakak saya pulang ke rumahnya. Tadinya kami pikir akan baik-baik saja. Tetiba, anaknya (keponakan saya) datang dan mengadukan bahwa bapak pulang. Kakak saya kembali bermesraan dengan suaminya.

Saya lantas paham bahwa Mas Narto masih berusaha menguasai istrinya. Karena itu saya meminta keponakan untuk mencari sesuatu atau benda yang sering dibawa bapaknya. Ia menemukan sebuah 'isim' yang lalu diberikan pada saya.

Saya membakar 'isi' dari isim tersebut dengan ayat Kursi sebanyak 33 kali dan memusnahkan kekuatannya. Mas Narto tampaknya kebingungan mencari jimat dari dukun yang dibayar seharga satu juta itu.

Kemudian saya ke rumah kakak secara diam-diam, saat dia tidak berada di rumah. Saya memeriksa seluruh penjuru rumah dan menemukan sebatang paku emas tertancap di pojok pintu masuk. *Oh, rupanya benda ini media pengasihan yang digunakan agar kakak takluk kepada suaminya.*

Paku itu saya kantongi dan dibawa pulang ke rumah. Malam harinya, saya kembali membakar dan memusnahkan kekuatan yang ada di media paku tersebut.

Kakak sudah normal. Surat pengajuan cerai berjalan. Pengadilan agama mulai dilaksanakan dengan prosedur yang berlaku.

Setelah bergulat di pengadilan berbulan-bulan, akhirnya mereka bercerai.

27 Oktober 2020

Jangan Menikah Lagi

Novica Novika

Lamaran telah digelar semalam pukul tujuh. Lagi-lagi, aku melamar wanita pilihan ibu dan ayah. Kali ini, pilihan ibu jatuh pada gadis cantik anak kepala desa sebelah. Ibunya teman akrab ibu. Apapun itu, aku terima saja, asal ibu bahagia. Aku pun teramat paham jika yang ibu lakukan adalah demi membahagiakanku.

Setelah acara selesai, sekitar pukul sembilan malam, aku istirahat di kamar dengan menahan gejolak di dada. Ketakutan yang tak bisa dihindari atau dianggap tak ada. Keringat sebesar jagung terasa membanjiri dahi dan tubuh.

Semoga dia tidak datang kali ini. Semoga.

Dan aku, terbangun subuh tadi karena mendengar azan berkumandang. Segera kutunaikan subuh dengan lega karena merasa aman.

Sehabis subuh, seperti biasa kusantap pisang dan ubi goreng buatan ibu bersama kopi pahit favorit.

Karena ibu sedang ke belakang dan ayah telah berangkat ke kebun, aku membiarkan pikiranku terbang bebas ke masa lalu.

Sepuluh tahun sudah dia pergi, sejak Maret 2010. Namanya Gadis. Aku mempersuntingnya kala itu dengan penuh cinta. Iapun menerima dengan porsi cinta yang sama.

Gadis teman SMA-ku. Selama tiga tahun, aku dan dia satu kelas dan merajut cinta dalam malu-malu. Kami tetap lah lelaki dan gadis desa yang tak mau semaunya mengutarakan cinta. Hingga, setelah diangkatnya aku menjadi guru tetap di SMA tempat kami dulu menimba ilmu, dengan sukacita aku meminang gadis sebagai satu-satunya gadis impian.

Tapi apa daya, baru dua tahun menjadi bidadariku, sakit menggerogoti tubuh wanita tercinta itu. Hingga dia kembali ke pangkuan-Nya, menyisakan perih yang sangat. Bahkan, aku selalu merasa jika bulan maduku dan dia belum kelar. *Apalagi? Bukankah dua orang yang terus dimabuk cinta dan belum dipercaya untuk memeluk momongan layak untuk selalu menjalani bukan madu? Aku tak salah, kan?*

Perihnya kala itu tak terkira. Kulalui malam demi malam dengan berselimut baju-baju kesayangan Gadis, dan hari demi hari dengan bayangannya yang tak jua memudar.

Hingga dua tahun setelah dia pergi, aku bertemu seseorang. Namanya Winda.

Sebagai seorang guru olahraga sekaligus atlit bola voli andalan desa, memang tak sulit bagiku memikat wanita. Hanya saja, aku tak piawai mencintai selain satu wanita bernama Gadis.

Aku bertemu Winda di pertandingan voli antar desa karena ia juga salah satu pemain.

Seiring waktu, ia makin nampak tertarik denganku. Ibu dan ayah yang memang selalu membujukku untuk menikah lagi, bergembira mencium gelagat ini. Mereka mengusulkan agar aku segera meminang Winda. Aku angkat bahu. *Terserah*. Lagipula, Winda perempuan baik dan manis.

Malam itu, setelah bertamu ke rumah Winda untuk memintanya menjadi belahan jiwa, aku bersiap istirahat. Sedikit senyum tersimpul di bibirku demi mengingat jawaban membahagiakan dari pihak Winda.

Namun, kenyataan di depan mataku menohok jantungku begitu rupa. Di kamar, kutemukan Gadis terduduk di sudut ranjang. Ia menangis perlahan dengan rambut ikal panjang terurai. Kesedihan begitu nampak dari wajahnya yang memutih. Dia masih persis seperti dulu, cantik bak bidadari. Napasku naik turun tak beraturan.

"Kenapa sayang?"

"Apa kamu marah karena aku mau menikahi Winda?"

"Tapi, ia wanita baik-baik, Sayang."

"Akupun menikah lagi bukan karena melupakanmu. Selamanya, hanyal kamu yang paling berarti di hatiku."

Namun, kata demi kataku tak membuat Gadis menghentikan tangisnya. Akupun tidur di sampingnya hingga pagi menjelang dan Gadis telah kembali pergi.

Aku segera bergegas dan tahu mesti berbuat apa. Ya, takkan ada pernikahan antara aku dan Winda.

Dua tahun setelah kejadian itu, Gadis tak pernah datang lagi. Hingga, ibu kembali menjodohkanku dengan anak tetangga yang notabene teman masa kecilku.

Namun, lagi, sehabis menggelar lamaran dan menentukan tanggal pernikahan, Gadis muncul di kamar. Kamar kami berdua dulu.

Kali ini, tangisnya bercampur amarah lewat tatap mata yang nanar, seakan bicara bahwa dia tak pernah mau jika aku menduakannya. Aku tak mau lagi berdalih apa-apa. Kupeluk wanita terkasih itu sampai tangis dan raganya lenyap.

Dua tahun setelahnya, cerita yang sama terulang kembali. Pun dua tahun setelahnya lagi.

Aku terbangun dari lamunan saat ibu masuk ke dapur di mana aku sarapan. Aku tahu, dada ibu kembang kempis menanti ceritaku.

"Gadis enggak datang, Bu."

Dan ibu tersenyum penuh haru.

"Tapi, jangan sampai lupa ya, ziarahi makamnya sore nanti."

Lalu, kami menghabiskan pagi dengan membicarakan hari pernikahan yang akan digelar tiga hari lagi. Pernikahan setelah empat lamaran-lamaran yang gagal.

Hari itu pun datang, aku sedang bersiap di kamar. Memeriksa bawaan jangan sampai ada tertinggal. Sekilas kulihat wajahku di pantulan kaca dan tersenyum. Wajahku baru saja sedikit dipoles ibu.

"Biar tambah *ngganteng nih, putranya* ibu," kata ibu tadi.

Namun, setelahnya, bagai petir menggelegar menyapa telinga dan jiwaku. Orang tuanya Ratih, wanita yang sebentar lagi menjadi istriku, memberi kabar bahwa Ratih hilang semenjak semalam. Tanpa jejak.

14 Oktober 2020

Jomlo Akut Ogud Gebregud

Redishcheeks

Sosok Ogud punya perawakan sedang dengan tubuh kurus berkulit putih dan bermuka tirus. Dia lebih suka menampilkan dirinya dengan cara loyo kalau tidak bisa dibilang lunglai. Persis kecoak baru *keinjek*.

Jabatannya sebagai manajer *freelance* di sebuah kedai kopi kekinian. Biasalah, hanya dipanggil bila tidak ada lagi makhluk bernapas yang *mejeng* menjaga bar tempat untuk meracik minuman kopi.

Peruntungan yang dia punya persis seperti kucing yang selalu mengintai ikan asin untuk dicuri. Di mana ada makan dan minum gratis, ke situ lah hidung Ogud mengendus dan segera menjangkau sebelum jadi item berbayar.

Dia punya kebiasaan *jutek* sama mahluk manis yang diciptakan Tuhan dari tulang rusuk. Mungkin ini yang jadi penyebab Ogud jadi jomlo karatan sampai sekarang.

Tapi dengan percaya diri, dia malah *posting caption* di akun instagram: "Orang yang *jomblo* menahun itu katanya karena disayang sama jin," sambil tidak lupa me-*repost* foto artikel akun yang memuat tentang gangguan jin pada manusia.

Emaknya yang lagi *online* di gawainya langsung keselek membaca. Sambil *ngelus* dada emak *nulis* di kolom komentar:

"*Ogud Gebregud anakku sayang si biduran tulang, lihat muka jutek merengut elo aja si jin udah angkat tangan angkat kaki. Anggap kerjaannya udah selesai. Nggak usah lagi buang keringat dan jadi penonton aja kaleee... makanya jadi anak cowok itu bukan judesnya dikencengin tapi dompet yang ditebelin. Nanti juga, jangankan jinny oh jinny yang nyamperin, Zulaikha aja pasti nggak mau kalah pingin ngelamar elo. Dasar, punya anak laki tapi kelakuannya absurd, cape dehhh emakkk ooooiiii...*"

Langsung aja komen emak dibalas Ogud. "*Mak, kalo mo bikin blacknews jangan di lapak orang dong. Nanti bisa kesandung uu ite. Bikin Ogud jadi double jomblo. Nggak ada lagi yang ngasih makan, nyuciin baju, suapin sop, ngurusin Ogud maakkk, emmmaaakkkk...*"

Emak langsung memblokir akun Ogud, takut nanti tiba-tiba ada petir menggelegar, badai menderu, hujan lebat turun bersahutan, merubah Ogud jadi batu saingan Malin Kundang di gunung Padang.

Saat ini pun Ogud masih terlelap dengan nyenyaknya di bale butut sambil *congor nyium iler* yang merembes di guling.

Tiba-tiba ada sepotong tangan yang menjentik hidungnya. Terkagetkan, Ogud pun bangun, mengerjap-ngerjapkan matanya yang bertabur *belek*. Saat dilihatnya tak ada orang di dekatnya dia langsung bergelung lagi.

Kini sepotong tangan itu menarik perlahan sarung yang melilit tubuh Ogud. Segerombolan nyamuk langsung berebut menghisap darah melalui pembuluh kulit tangan dan kakinya.

Plok, plok, plash, issshhh...

Ogud mengusir nyamuk penghisap darah itu, tapi tetap tidak mau bangun dan membuka matanya. Bahkan sekarang ngoroknya terdengar kenceng. *Sampe bale* bututnya rada-rada bergetar.

Sepotong tangan itu rupanya tidak mau kalah sama kelakuan Ogud. Secara mengejutkan seember air mengguyur Ogud hingga basah dari ujung kepala sampai kaki. Terlonjak kaget, Ogud sampai terguling-guling di lantai. Sambil mengibas bajunya yang basah kuyup, dia pun *nyambit.*

"Mak, lagi kumat ya, *nyiram* Ogud *pake* seember air. Pasrah aja deh, Mak. *Doain aja* yang baik-baik buat Ogud. Kalo caranya *kayak gini* nanti 'kan Emak sendiri yang repot. Jadi sibuk *ngerawat kalo* nanti jadi meriang karena masuk angin."

Tapi hanya kesunyian yang membalas ocehan panjangnya. Melirik setiap detil ruang, tapi tak ada mahluk bernyawa selain dirinya di situ. Ogud pun jadi merinding. Terasa ada hembusan angin dingin menjalari tengkuknya.

Deru bunyi sepeda motor berhenti di halaman memancing Ogud untuk segera lari keluar. Dilihat emak membawa banyak barang belanja kebutuhan sehari-hari baru turun dari *motor ojol* yang mengantarnya pulang. Emak yang lagi repot dengan barang belanjaannya tidak memperhatikan kehadiran Ogud.

Melihat emaknya yang baru datang, seketika wajah Ogud berubah jadi pasi seakan-akan darahnya terbang jauh ke Antartika. Dan langsung semaput dengan sukses di depan pintu. Kepalanya pun menyenggol gagang pintu menimbulkan bunyi yang cukup keras, Membuat emak berpaling dan langsung teriak minta tolong kang ojol untuk mengangkat tubuh lemas Ogud dan dibaringkan di sofa ruang tamu. Untung emak ke mana-mana selalu bawa *freshcare* di dompet yang langsung digosokkan ke hidung, leher, dan dada anaknya. Melihat keadaan Ogud yang basah seolah mandi *nyebur* di bak, emak jadi latah untuk nyinyir.

"Ogud, kalo mau bantu *nyuci* baju jangan *kayak gini* juga *kale!* 'Kan tinggal *dicopotin* terus masuk mesin cuci *udah* selesai. Bukan sama badannya yang *diceburin.* Oalahhh! Dasar Ogud Gebregud..."

Ogud hanya bisa melongo dengan mata nanar bibir bergetar gemeretuk tak mampu berkata apa pun lagi.

Sementara itu sepotong tangan terlihat meringis lalu menghilang menembus lemari kuno usang di sudut kamar.

Lemari peninggalan eyang buyut Ogud yang tidak boleh dipindah dari keberadaannya sejak dulu kala.

12 September 2020

Tersesat di Lereng Sindoro

Sakdiyah Sodwijo

Saat itu, tahun 1991, aku adalah siswa baru di sebuah SMA Negeri favorit kota dingin di kaki Sindoro - Sumbing. Saat itu, kelompok siswa pencinta alam (PALA) sekolah kami akan mengadakan pendadaran anggota baru. Inisiasi anggota baru akan dilakukan di puncak gunung Sindoro. Menggunakan truk sampah, sore itu kami semua diangkut menuju desa Sigedang, posko pertama pendakian ke gunung Sindoro.

Selepas makan malam dan sholat Isya, rombongan kami memulai perjalanan pendakian perdana. Kami berjalan dengan penuh semangat hingga melupakan ransel berat berisi perbekalan yang ada di punggung. Semakin malam, cuaca semakin dingin. Saat jalur pendakian semakin menanjak, gerimis turun. Cairan lembut yang berjatuhan dari langit itu terasa seperti ratusan lidi yang melecut muka.

Sebelum sadar kalau terpisah dari rombongan, aku masih melihat Kak Yasip, pelatih Pramuka sekaligus senior di kelompok pecinta alam berjalan mendahuluiku. Jas hujannya yang lebar terlihat berkibar-kibar melewati tubuhku. Aku mempercepat langkah. Ransel di punggung bertambah berat. Jalanan licin mempersulit medan yang menanjak dan terjal. Kutiup jemari yang semakin membiru karena kedinginan.

Pendakian kali ini terasa begitu berat. Hutan lereng Sindoro yang baru terbakar memperlambat langkahku. Aku harus menemukan rombongan. Jangan sampai aku mati membeku karena tersesat.

"Jalan lurus, hati-hati licin!" tiba-tiba terdengar suara laki-laki memandu langkahku. Aku tergeragap lalu menoleh. Terlihat seorang cowok gagah menyandang ransel tersenyum samar di belakangku. Cahaya bulan tak mampu membuat wajahnya terlihat cukup jelas. Mungkin dia salah satu kakak kelas yang belum aku kenal.

"Aku Narendra, dari kelas 3A11," jawabnya mengusir kekagetanku.

Aku pun mengikuti arahannya menyusuri jalanan yang semakin terjal dan licin karena hujan. Lereng Sindoro yang gundul akibat kebarakaran hutan belum lama ini membuat suasana semakin mencekam.

Narenda terus memanduku mengikuti jalan setapak hingga sampai ke puncak. Pipi yang membeku dan tangan yang mati rasa karena lupa memakai sarung tangan semakin memperlambat perjalanan kami ke puncak.

"Tampar-tampar pipinya biar hangat. Tangannya juga tepuk-tepuk biar nggak beku!" Aku pun segera melakukan semua instruksinya tanpa menoleh ke belakang. Sedikit mendingan. Jemariku mulai terasa hangat teraliri darah. *Huft, lain kali aku enggak boleh gegabah*. Enggak boleh sok kuat dan lincah sehingga berjalan terlalu cepat mendahului rombongan dan tersesat. Kalau begini 'kan repot? Andai aku tersesat dan hilang ditelan kegelapan lereng Sindoro yang dingin, *naudzubillah!* Aku pun berusaha menepis pikiran-pikiran buruk dan bibirku tak henti komat-kamit berzikir sebisanya.

Akhirnya kami selamat sampai puncak tanpa ada yang menyadari kalau aku terpisah dari rombongan. Aku pun segera bergabung dengan teman sekelas, Irum dan Siti yang sudah duduk menghangatkan badan di depan api unggun. Setelah menunaikan salat subuh di puncak Sindoro yang seperti lapangan sepak bola, kami pun berfoto bersama berlatar matahari terbit dan genangan kabut yang merontokkan belulang.

Setelah kembali ke sekolah, aku pun melihat foto-foto pendakian di Mading. Tapi tak terlihat sosok Narendra di sana. Aku lalu bertanya pada Irum, sahabatku.

"Apa? Narendra? Dia kan sudah meninggal tiga tahun lalu. Ia masuk jurang sewaktu menolong anggota baru yang terpeleset. Jasadnya tidak ditemukan sampai sekarang!"

Aku tercekat. Sulit rasanya mempercayai semua ini. *Narendra yang telah menyelamatkanku ternyata berasal dari alam lain?* Andai dia tak ada saat itu, mungkin nasibku akan sama seperti dia. Tersesat dan masuk ke dimensi lain, tak 'kan kembali lagi selamanya.

Pendakian di gunung Sindoro ini jadi pendakian pertama dan terakhirku. Sejak saat itu aku tidak berani mendaki lagi.

13 September 2020
Berdasarkan Kisah Nyata

Misteri Rumah Kontrakan

Sri Subekti Astadi

Sudah hampir sebulan suamiku diterima kerja di sebuah perusahaan tambang batubara di pedalaman Kotabaru, Kalimantan Selatan. Namun karena belum mendapatkan rumah kontrakan di tempat kerja yang baru, sementara aku belum bisa mengikutinya jadi masih tinggal di kontrakan yang lama yang jauhnya kira-kira tujuh jam perjalanan dari tempat kerja suami yang baru. Jam kerja suami yang dari subuh sampai selesai magrib membuat suami tak ada waktu untuk mencari-cari rumah kontrakan baru. Apalagi banyak pendatang baru yang butuh tempat tinggal di desa itu. Saat libur tiba suami akan mencari banyak info dan juga mensurvei rumah kontrakan yang sesuai dengan kriteria kami.

Akhirnya dapatlah sebuah rumah yang tidak jauh dari tempat indekos sementara suami.

"*Udah* dapat, Nok! Rumahnya lumayan besar dan halamannya juga luas, tidak terlalu jauh dengan tetangga kanan-kiri. Tapi rumahnya lama tak berpenghuni... Ini mau dibersihkan dan diperbaiki dulu. Kalau sudah selesai nanti kamu bisa nyusul kesini...," begitu laporan suami saat menelponku tadi malam.

Paginya aku beresin dan mengepak semua barang untuk segera pindahan, karena sepi juga hidup sendiri di perantauan. aku dan suami hanya hidup berdua karena kami belum dikaruniai anak.

Dua hari kemudian suami menelpon bahwa barang-barang bisa dikirim ke sana dulu dengan menyewa truk. Walaupun proses bersih-bersih dan perbaikan rumah belum selesai semua, aku bisa segera menyusul setelah semua barang terangkut ke sana. Aku tidak bisa ikut bersama truk, karena tidak mungkinlah seorang wanita menumpang truk seorang diri.

Sehari setelah barang terangkut semua, aku segera pamit dengan yang punya kontrakan dan tetangga kanan kiri, yang selama saya sendiri ditinggal suami pindah kerja telah berbaik hati menemani.

Dengan naik taksi antarkota dan menyebrang laut naik kapal feri dilanjut dengan perjalanan menggunakan *speedboat,* akhirnya aku beranikan menyusul suami seorang diri.

Walaupun daerahnya sangat terpencil dan asing, aku harus berani menempuhnya sendiri. Suami tidak bisa menjemput karena tidak ada libur.

Ketika hendak menyeberang ke desa tempat suami ting-gal, dari Kotabaru, aku harus melanjutkan perjalanan menggu-nakan *speedboat.* Beruntung sekali paman sopir taksi yang aku tumpangi dari terminal menurunkan aku di pelabuhan *speedboat* khusus buat karyawan perusahaan tambang tempat suami bekerja, sehingga aku bisa naik *speedboat* perusahaan. Karena kebaikan petugas pelabuhan, aku diperbolehkan ikut serta naik *speedboat* tanpa mendaftar dulu. Mungkin dia kasihan melihat aku membawa banyak barang dan kelihatan asing.

Speedboat perusahaan yang hanya berisi 23 penumpang itu segera meninggalkan pelabuhan menuju pelabuhan. Kalau tidak diperbolehkan naik *speedboat* perusahaan, bisa-bisa aku harus naik *speedboat* umum yang berpenumpang lima orang dan pengamanan kurang dalam menentang arus gelombang yang lumayan besar di sungai Kelumpang.

Syukurlah. Akhirnya aku sampai juga ke desa tempat suami tinggal, walaupun sebelumnya sempat dag dig dug karena tiba-tiba sinyal telepon hilang. Suami juga tidak memberi alamat yang jelas padaku, sehingga aku tidak bisa bertanya pada orang di mana rumah suamiku.

Desa ini tak begitu luas, jadi suami mudah menemukan aku setelah aku juga kebingungan sewaktu ditanya sopir bus yang aku tumpangi.

"Hendak turun mana *pian*, Bu?"

"Entahlah, Paman. Ulun hanya sampai dan kurang tahu suami tinggalnya di mana, karena sinyal *hape*-nya juga hilang, Man...," jelasku pada paman sopir bus itu.

Aku akhirnya diturunkan di tempat paling strategis agar suami mudah mencari. Sejam kemudian suami baru bisa menemukanku.

Untuk sementara, aku tinggal di tempat indekos suami yang bepenghuni laki-laki semua. Tapi aman saja, suami sudah bilang ke teman-temannya dan juga kepada yang punya indekos agar aku bisa ikut tinggal di situ beberapa hari sampai calon rumah kontrakan kami selesai diperbaiki. Lima hari tinggal di kost yang penghuninya laki-laki semua sungguh membuatku merasa tak nyaman. Maka, bila pagi dan siang kau ke calon rumah kontrakan ikut mengawasi orang-orang yang sedang memperbaiki dan membersihkan rumah.

Hingga hari ke tujuh. Perbaikan rumah sudah selesai, tinggal aku dibantu tetangga *finishing* membersihkan lagi dinding-dinding dan lantai yang terbuat dari kayu ulin, dengan memberi lapisan kain plastik pada lantai kayu agar terlihat bersih dan binatang dari bawah tidak bisa masuk ke dalam rumah.

Barang-barang sisa peninggalan penghuni lama dibakar semua, termasuk beberapa lemari dan dipan tempat tidur. *Walaupun sebenarnya kayunya belum lapuk, karena lama tidak dipakai dan tidak tahu siapa yang memakai lebih aman bila dibakar saja,* begitu pikirku.

Akhirnya di hari ke tujuh, aku sudah bisa menempati rumah kontrakan baru yang sudah bersih. Dindingnya juga sudah selesai dicat warna putih agar terlihat terang dan bersih. Rumah dengan dua kamar tidur, ruang tamu, ruang makan, dan dapur yang cukup luas akhirnya kami tempati.

Kata paman yang menawarkan rumah ini dan yang menerima uang sewa kami, dulu rumah ini dihuni oleh keluarga yang berasal dari Sulawesi. Mereka punya usaha tambang batubara, semacam KUD. Usahanya cukup lancar, kehidupan mereka berkecukupan, sehingga beberapa perabotan yang tertinggal adalah barang mahal untuk ukuran desa terpencil seperti ini. Semua sudah dibakar, tak ada sisa barang apapun.

Setelah masa kejayaan tambang ilegal selesai, usaha pertambangan mereka bangkrut, mereka pergi dan pindah ke mana, tak ada warga yang tahu. Mereka tidak berpamitan, sama seperti saat datang juga mereka tidak mengenalkan diri pada tetangga yang asli orang desa itu.

Pada waktu itu rumah juga masih berjarak lumayan jauh antara rumah yang satu dengan lainnya. Menurut para tetangga, dulu rumah itu dihuni oleh sebuah keluarga dengan dua orang anak yang masih kecil dan juga seorang kakek tua yang sering membersihkan halaman dan menjadi penjaga rumah.

Halaman rumah yang cukup luas. Terdapat berbagai macam tanaman seperti pohon kuini dengan buah yang sangat lebat, tepat di depan kamar depan sebelah kiri. Di kanan terdapat pohon nangka dan pohon sirsak yang tiada henti berbuah. Di samping kiri yang besebelahan dengan rumah tetangga, terdapat pohon nangka lagi, selain serumpun buah nanas yang berada di depan jendela kamar yang aku tempati. Sedangkan di sebelah kanan rumah terdapat kolam yang cukup luas. Entah apa isinya, aku kurang tahu, karena hampir seluruh permukaannya dipenuhi eceng gondok dan di bibir kolam tumbuh subur serumpun daun pandan. Di sebelahnya lagi ada serumpun pohon lengkuas, dan di ujungnya terdapat serumpun pohon pisang maholi khas Kalimantan.

Karena suami kerja sif, maka aku sering di rumah sendiri, kalau pun suami masuk malam, pasti siangnya di rumah tidur seharian. Jam kerja yang panjang sampai 12 jam membuat suami jarang bisa ikut berkegiatan siang hari.

Sendirian di rumah sudah menjadi kebiasaanku sehari-hari. Paling aku mengurus rumah, masak, dan menyiapkan keperluan suami, setelahnya aku biasa menulis atau *online* bila sinyal internet sedang bagus.

Desa tempat aku tinggal hanya diterangi listrik pada malam hari saja antara jam 6 sore sampai 6 pagi. Selain itu bila tanggalnya sudah tua, listrik akan menyala 3 hari sekali. Suasana rumah yang sering gelap dan sepi membuatku sering ngeri sendiri. Beberapa kali di saat malam yang gelap dan lagi sendirian, aku sering mendengar suara beberapa bocah yang sedang main di dapur. Aku hanya berpikir mungkin anak tetangga belakang, tapi kadang-kadang suara itu ramai riuh di saat lebih dari jam 12 malam. Kadang-kadang jelas percakapannya. Tetapi karena aku kurang mengerti bahasa yang digunakan, jadi tidak tahu apa yang sedang mereka percakapkan. Remang-remang saja suaranya, aku pun malas menengok arah suara itu, yang penting pintu kamar sudah aku kunci.

Tak jarang ada suara dan kelebat orang berjalan dari kamar depan menuju pohon mangga kueni di depan rumah, padahal antara kamar dan pohon mangga tak ada pintu. Sepertinya orang itu berjalan begitu saja menerobos dinding kayu rumah ini, dan menghilang setelah sampai di pohon mangga itu.

Suatu pagi yang masih sepi karena banyak rumah yang masih menutup pintunya, aku melihat seorang kakek tua berjalan ke sebelah kanan rumah menuju kolam. Sekelebat kemudian kakek itu sudah hilang. Aku berpikir, *lewat mana ya, si Kakek?* Rumah itu berpagar kayu ulin agak tinggi dan aku lihat pagarnya juga masih utuh tidak bisa diterobos orang.

Beberapa hari kemudian aku melihat kakek itu lagi tiba-tiba sudah ada di halaman depan. Ketika saat itu aku sedang menyapu halaman. Dari mana asalnya tak kuketahui,

"*Handak* ke mana, *Kai?*" sapaku untuk menghilangkan rasa takut.

"*Bulik*...," jawabnya singkat tanpa memandangku.

Akupun meneruskan menyapu daun-daun mangga kering yang berserakan di halaman rumah. Sesaat kemudian aku sadar, kakek itu menuju ke kolam di samping rumah dan menghilang.

Kejanggalan-kejanggalan yang aku alami kuceritakan pada suami.

"Enggak usah takut, Nok. Kita manusia diciptakan dengan derajat yang lebih tinggi dari makhluk-makhluk itu. kita bisa meminta perlindungan Allah. Kalau sedang sendiri gunakan waktumu untuk banyak-banyak membaca Al-Qur'an," begitu saran suamiku.

Aku pun berusaha untuk menghilangkan perasaan takut dengan banyak mengaji, dan kalau kebetulan ada listrik dan sinyal aku gunakan untuk sekadar membuka-buka FB dan internet. Aku biasa bangun sekitar jam tiga dini hari guna memasak nasi bekal untuk dibawa suami berangkat kerja.

Pada suatu hari saat sedang sibuk di dapur aku melihat dua ekor kalajengking yang lumayan besar keluar dari celah-celah dinding kayu yang dibuat rangkap. Setengah menjerit, aku memanggil suamiku yang masih tidur. Suami segera bangun dan mengambil golok, namun kalajengking itu berjalan lebih cepat dan masuk lagi ke celah dinding kayu di ruang makan. Hanya satu kalajengking yang bisa kena sabetan golok suamiku.

Mulai saat itu aku jadi waswas dan selalu sedia cairan pembunuh serangga, agar mudah membunuhnya bila ada binatang yang muncul tiba-tiba. Karena selain itu ada banyak sekali binatang kaki seribu yang bisa menyusup sampai ke mana-mana, bahkan bisa sampai naik ke tempat tidur bila tidak diatasi dengan cepat.

Kejadian aneh lagi, terjadi saat aku sedang mandi sore menjelang magrib. Baru asyik-asyiknya mandi ada dua ekor ular merah yang tiba-tiba sudah berada di dekat kakiku. Kaget, aku segera mengambil sebatang kayu yang ada di jangkauan tanganku. Aku lemparkan kayu ke arah kepala ular itu. Kepala ular remuk dan mati, tapi ular yang satunya lari ke arah kolam di samping rumah. Tak lama setelah suami pulang kerja, dan aku minta membuang ular yang sudah mati itu, ternyata bangkai ular yang telah remuk kepalanya itu sudah tidak ada. *Entah masih hidup dan bersembunyi atau dimakan binatang lain, atau mungkin itu binatang pertanda saja.* Entahlah aku tak berani memikirkannya lebih jauh.

Beberapa kejadian membuatku ingin segera pindah rumah, namun sayang mencari rumah kontrakan agak susah di sini. Maka kami tetap bertahan mesti dengan perasaan waswas, terutama aku yang lebih banyak di rumah sendirian.

Tiga bulan sudah suami kerja di sini, berarti aku sudah menempati rumah ini selama dua bulan. Saatnya suami mendapat jatah cuti selama dua minggu. Waktu libur itulah suami memeriksa kondisi rumah. Ternyata ada papan dinding yang menjadi sarang semut hingga membentuk gundukan tanah yang tebal dekat tumpukan kayu ulin yang tidak terpakai. Dengan bantuan tukang bersih-bersih suami membongkar dinding kayu yang ada rumah semutnya itu.

Betapa kaget kami. Ternyata di sela-sela dinding kayu yang dobel itu terdapat tulang belulang manusia yang masih lengkap. Tulang belulang dan tengkorak kecil itu menyelinap telungkup di antara dua bilah kayu dinding rumah tertutup tumpukan kayu ulin yang lumayan tinggi dan banyak.

Sepertinya bukan hanya satu tengkorak, tapi dua. Mereka berhimpit di celah dinding yang sempit.

Kami segera menghubungi polisi yang berada di desa kami. Polisi akhirnya yang mengambil dan memakamkan tulang belulang dan tengkorak itu di pemakaman umum desa dan mengadakan penyelidikan terhadap tulang tulang manusia itu sebelum memakamkannya.

Karena aku juga mencurigai sesuatu yang terdapat di dalam kolam, aku melapor pada polisi juga untuk berkenan menyaksikan pengurasan kolam di samping rumah untuk mengetahui apa yang terdapat di dasar kolam itu.

Benar sangkaanku, tulang belulang manusia dewasa ada di dasar kolam itu. Walau sudah lusuh masih utuh, warna pakaian dan coraknya seperti pakaian kakek yang sering tiba-tiba muncul dan menghilang di sekitaran kolam itu.

Tidak ada yang tahu ke mana penghuni rumah lama pindah. Polisi juga susah untuk mencarinya, belum mendapat informasi lebih lanjut sekarang tinggal di mana.

Menurut dugaan sementara kedua anak tersebut meninggal setelah terjepit di antara kayu-kayu ulin yang tertumpuk di dinding saat sedang bermain, saat orangtuanya sedang mengalami krisis karena pertambangannya ditutup. Ada seorang warga yang mengingatnya ayah dari anak tersebut sempat bertanya pada warga sekitar, apakah ada yang melihat anaknya bermain di luar. Tetapi warga tak ada yang mengetahuinya karena keluarga itu tertutup dan kurang membaur dengan masyarakat setempat pada waktu itu. Rupanya mereka harus cepat-cepat pindah. Mereka segera pergi begitu saja tanpa mencari anaknya terlebih dahulu karena mereka sedang diburu polisi terkait dengan izin pertambangan ilegal. Sedang kapan dan kenapa kematian kakek di dasar kolam masih belum banyak yang menduga, karena kakek yang biasa bersih-bersih halaman itu memang sudah tua dan sepertinya agak sakit-sakitan.

Apakah kakek meninggal karena tercebur ke dalam kolam dan dimakan biawak atau binatang lain yang ada di kolam itu? Semua masih menjadi teka-teki.

Sejak di temukannya tengkorak-tengkorak itu aku menjadi agak tenang, karena suara-suara gaduh dan bayang-bayang kakek sudah tidak muncul lagi. Tampaknya kami tidak perlu untuk pindah rumah.

Aku hanya selalu berdoa memohon Perlindungan-Nya, agar tak terjadi hal-hal aneh lagi di rumah ini.

Begitulah misteri rumah kontrakan kami yang ada di desa Geronggang Kelumpang Kotabaru. Semoga suatu saat aku bisa mengunjunginya lagi, desa kenangan dan heroik itu.

27 Oktober 2020

Ambil Bayi Tanpa Tumbal

Sri Widyowati Kinasih

Malam sejuk dengan sepoi angin menyapa lembut wajah Asmi. Wajahnya yang kian membulat, nampak bahagia. Terlihat binar dari dua bola matanya.

Sesekali, tangan kanannya mengelus perut buncit yang sering bergerak. Tampak menonjol, kadang di kanan atau di kiri. Kadang tampak genggaman mungil mengepal. Tak jarang tapak kaki kecil menendang. Bagi Asmi, itu adalah momen indah setelah sekian tahun menanti. Dua kali keguguran, membuat hatinya sempat limbung. Namun kali ini, dia semangat untuk menanti lahirnya sang jabang bayi.

Dua hari yang lalu, Asmi pergi ke dokter kandungan. Dari hasil pemeriksaan dan monitor USG, bayi Asmi sehat. Tinggal menunggu hari H, ia lahir ke dunia. Asmi sudah tidak sabar untuk menimang bocah yang telah Sembilan bulan meringkuk di rahimnya.

"Perutmu sudah kelihatan melorot, Nduk. Sudah mulai anteng juga. Apa kamu belum merasakan tanda-tanda mau lahiran?" tanya Ibu yang sudah berdiri di samping Asmi.

Asmi tersenyum menjawab pertanyaan Ibu. Perempuan yang sudah penuh kasih menjaganya itu, tampak khawatir jika Asmi tiba-tiba merasakan kontraksi saat malam telah lelap bertabur mimpi.

"Sering kram, Bu. Tapi sepertinya belum," jawab Asmi kalem.

"Suamimu sudah dikabari?"

"Sampun, sudah, Bu."

Empat bulan terakhir, Asmi terpaksa mengungsi ke rumah Ibu. Suaminya harus berangkat kerja di luar pulau. Surat perintah yang tak dapat ditolak membuat mereka terpisah oleh jarak.

"Perasaan Ibu kok *ndak* enak, ya, Nduk. Pokoknya, kalau sudah terasa seperti mau ke belakang, kamu segera bilang," kata Ibu yang kemudian beranjak ke dapur.

Asmi masih berdiri di teras rumah. Menatap rembulan penuh di tanggal tiga belas Jawa. Sedang sepoi angin, masih juga datang mengusik dedaun pandan bali untuk menari.

***

"Tarik napas, buang!" intruksi perawat berbusana putih itu mengiang-ngiang di telinga Asmi.

Dokter spesialis kandungan juga sudah *standby*. Dengan cekatan, dokter menyiapkan peralatan USG untuk memeriksa posisi bayi Asmi. Dari obrolan mereka, Asmi mendengar istilah-istilah kedokteran yang sedikit ia pahami. Di sela kontraksi yang menjadi, mata Asmi melirik layar monitor USG di dinding sebelah kiri. Nampak sebentuk makhluk akan segera hadir di tengah mereka.

Jeritan Asmi sedikit tertahan. Sakit yang ia rasakan boleh jadi serupa ribuan sayatan. Tapi perempuan cantik itu tidak terlalu menghiraukan. Kebahagiaan yang memenuhi segenap jiwanya, lebih menolong psikisnya untuk lupa pada sakit yang mendera.

"Saat mengejan jangan tutup mata, Bu!' lagi-lagi suara perawat lembut mengarahkan.

Bayangan suami Asmi tersenyum di pelupuk matanya. Keturunan yang sudah digadang, akan lahir segera. Ibu memegang erat tangan Asmi. Membantunya memberi kekuatan melalui doa-doa yang ia langitkan di ruang persalinan.

"Aaagghhh ...." jerit keras terakhir Asmi bersamaan dengan darah yang muncrat.

Perut yang tadi buncit, mulai kempes karena tidak lagi berpenghuni. Namun dokter dan perawat *shock* ketika menyadari sesuatu telah terjadi. Tidak ada jerit tangis bayi, sedang darah mengalir tak henti.

"Mana bayi saya, Dokter?" rintih Asmi.

Perawat dan dokter sigap menolong menghentikan perdarahan Asmi. Semua tegang. Bayi yang tadi saat di USG muncul di layar monitor, tidak pernah mereka dapati.

Asmi meraung sejadinya di ruang persalinan yang sepi. Bayinya hilang saat ia lahirkan dengan kesakitan tak terperi. Ibu yang awalnya begitu tegar mendampingi, terduduk lemas di lantai dingin berwarna putih.

***

Di tempat lain, di saat yang sama, suara bayi menangis memecah pagi yang masih buta. Dua pasang mata berbinar bahagia. Anak yang mereka idam-idamkan akhirnya mereka terima. Tidak tampak kehamilan sebelumnya. Anehnya, perempuan itu bisa melahirkan bayi montok yang lucu, namun wajahnya, tak mirip sedikit pun dari keduanya.

Setelah ari-ari dipotong, bayi sehat itu dibersihkan dan diserahkan pada pasangan yang tengah bahagia.

Lelaki yang nampak sebagai suami, membuka gawai. Membalas sebuah SMS yang seminggu lalu diterimanya.

[Menerima jasa pesugihan, pasang susuk, dan ambil bayi tanpa tumbal]

Laki-laki itu segera menekan tombol nomor yang ada di sana.

"Terimakasih. Bayinya sudah kami dapatkan," kata lelaki bersuara cempreng itu bahagia.

***

Deeerrrt ....

Gawai ibu berbunyi. Ada tertulis nama suami Asmi. Pelan jemari Ibu menggeser tombol berwarna hijau di layar gawai.

"Halo ... Bu. Bagaimana anakku?"

Tak ada jawaban selain tangisan kesedihan.

Malang, 07 Oktober 2020

Serindai Penunggu Kamar 206

Susmiyati Madjid

Suatu malam di hari keempat.

Saat itu aku sedang mengikuti acara Simposium Nasional pada tahun 2009. Bertempat di Hotel berbintang empat di salah satu kota di Jawa Barat. Permata, nama hotel yang meninggalkan jejak cerita ini.

Menempati kamar 205 di lantai dua, aku sekamar dengan bu Ratna, seorang pengajar di SMP Negeri Karanganyar. Setelah tugas kami rampungkan malam itu, kami langsung makan malam dan segera kembali ke kamar. Sesuai time schedule yang terdapat pada surat undangan untuk acara, malam itu merupakan momen terakhir kami menginap. Esoknya kami harus check out sebelum pukul 12 siang.

Penatnya tubuh usai mengerjakan tugas seharian, membuatku segera ingin merebahkan badan untuk istirahat. Saat memasuki kamar, kulihat arloji sudah menunjukkan pukul sepuluh. Aku langsung menuju toilet untuk keperluan bersuci sebelum salat Isya'.

Salat Isya' baru kumulai. Rakaat pertama juga belum usai. Terdengar pintu diketuk dari luar. Berharap bu Ratna bakal membukakan pintu itu. Namun aneh, hingga aku rampung salat, pintu masih belum dibuka olehnya, bahkan hingga zikirku telah usai.

Karena ketukan pintu kian mengeras, segera kulepaskan mukenaku. Merasa penasaran dengan sikap Bu Ratna, aku pun bertanya.

"Kenapa tidak dibukakan pintunya, Bu?"

"Bu Susi saja yang membuka," pintanya.

"Lho, kenapa harus saya? Tolong dibukakan, siapa tahu ada yang penting," jawabku.

Sengaja aku menolaknya, karena telah meniatkan untuk tadarus usai salat. Selain itu, di kota tempat acara digelar, aku terpisah jauh dari keluarga. Tak terpikirkan sama sekali bila tamu pengetuk pintu itu ada perlu denganku.

"Bu Susi saja, jangan saya," ulang bu guru dari Jawa Tengah itu.

"Kenapa Bu, saya tak ada tamu di sini?" ucapku.

"Sama, 'kan? Kita berada di tempat yang jauh. Itu bukan tamu biasa," ucap guru yang baru kukenal empat hari lalu. Aku tak begitu paham dengan diksi 'bukan tamu biasa.'

"Maksudnya, Bu?"

Bu Ratna tak menjawab. Wajahnya tampak tegang. Sementara ketukan pintu semakin keras, membuatku spontan ingin membukanya.

Aku tak curiga sama sekali. Meski di kota yang berjarak ratusan kilometer dari tempat tinggalku itu, aku tak mungkin punya tamu dari keluarga atau teman. Mengingat dari provinsi tempatku tinggal, hanya dua orang yang dikirim mengikuti simposium bergengsi itu.

Terbayang ada seseorang sangat perlu untuk bertemu dengan kami. Atau salah satu dari kami. Aku atau Bu Ratna? Entah siapa tamu itu. Namun aku hanya bisa melongo atas apa yang kusaksikan saat daun pintu telah terbuka.

Ternyata tak ada seorang pun di sana. Lalu siapa yang mengetuk pintu tadi?

Seandainya ia berbalik dan tak jadi bertamu, semestinya sosoknya masih terlihat di lorong yang menghubungkan kamar kami dengan jalan utama. Tapi, tak ada siapa pun. Tak tampak seorang pun pada lorong itu.

Kamar yang kutempati bersama Bu Ratna bernomor 205, berada di ujung lorong yang diapit oleh deretan kamar. Artinya, di depan kamarku masih ada empat kamar berhadap-hadapan. Bila seseorang berjalan di lorong itu hingga ketemu jalan utama lalu belok kanan atau kiri, setidaknya perlu waktu beberapa menit. Jadi ke mana orang yang mengetuk pintu tadi?

"Lho... benar tho, Bu Susi. Saya bilang juga apa?"

"Maksudnya apa, Bu?" tanyaku.

"Saya sudah merasakan keanehan sejak ketukan pertama tadi," kata bu Ratna.

Rupanya teman sekamarku itu berusaha meyakinkan aku, bahwa pengetuk pintu itu bukan manusia. Sosoknya tak bisa ditangkap oleh indra penglihatan biasa. Sejenak aku tepiskan bisikan halus yang cenderung sepaham dengan pendapat bu Ratna tentang sosok misterius itu.

"Ah, ndak Bu. Paling orangnya tadi jalan cepat. Terus belok di ujung lorong." Aku berusaha meyakinkan teman sekamarku itu agar tidak takut.

Sesaat kuingat saat pertama perkenalan di awal menempati kamar kami. Wanita anggun dengan rambut bergelombang itu mengenalkan diri sebagai orang yang penakut. Dia juga seorang mualaf. Sementara aku sendiri, bukanlah tipe pemberani. Meski suka untuk bermain logika ketimbang memperturutkan perasaan.

"Bu... Aku takut!"

"Ndak apa-apa Bu. Ayo kita tidur saja. Hari sudah malam," ajakku sambil menarik tangannya.

Astaga... Ternyata tangan guru penakut itu begitu dingin, pertanda situasi psikisnya sedang tidak biasa.

Kutatap wajahnya. Rasa takut tampak begitu jelas. Aku menghiburnya dengan mengajak untuk melupakan hal ketukan misterius tadi.

"Bu... ayo istirahat. Kita tidur saja. Hari sudah malam," ajakku.

Kemudian aku mengambil Al-Qur'an. Kuniatkan untuk tadarus barang setengah juz. Sementara Bu Ratna yang masih ketakutan berusaha menghubungi petugas hotel via telepon. Tak berselang lama terdengar dialog mereka.

"Assalamu'alaikum. Saya Ratnasari dari kamar 205, Mas."

"Ya, Bu. Ada yang bisa kami bantu?"

"Kami merasa terganggu karena ada orang yang terus ketuk pintu."

Terdengar suara petugas itu menjawab dari seberang. Ia meyakinkan kalau pengetuk pintu itu tak ada dan menyarankan agar kami tidur saja.

"Mungkin Ibu salah dengar. Malam begini, tidak ada bu yang bertamu. Silahkan tidur. Selamat istirahat!"

"Tapi ini mengganggu, membuat kami tidak tenang." sungut bu Ratna. "Tolong agar kamar kami dicek. Ini 'kan hak kami sebagai pengguna jasa hotel. Kalau ada yang mengganggu kenyamanan, harusnya diatasi. Kami berhak mendapatkan pelayanan hingga nyaman," berondong bu guru cantik itu bersemangat.

Akhirnya petugas berjanji mau memeriksa kamar.

Sementara kami menunggu beberapa saat di kamar hingga datang dua orang pemuda petugas hotel.

"Gimana, Ibu?" sapa salah satunya.

"Tolong, Mas. Kami tak bisa tenang. Tadi ada yang mengetuk pintu. Tapi ndak ada orangnya."

"Tenang ya, Bu. Mungkin Ibu capek. Monggo, silakan istirahat."

"Tapi kami sangat terganggu sama dia."

"Tak ada yang mengganggu, Bu. Di sini semua aman, kok," bujuk petugas itu.

Bukannya menurut, bu Ratna malah menanyakan soal kamar yang lain.

"Maaf ya. Kamar di deret ini yang terpakai berapa kamar?"

Sebuah pertanyaan yang tak kuduga terucap olehnya. Muncul rasa penasaran dalam benakku, mengapa pula tamu pemakai jasa hotel perlu untuk menanyakan jumlah kamar yang berpenghuni.

"Semua terpakai, Bu. Kecuali yang ini," jawab salah satu petugas yang lebih senior, sambil menunjuk kamar di sebelahku. Bernomor 206, kamar yang ditunjuk itu berada tepat bersebelahan dengan kamar yang kutempati.

"Kenapa ini ndak dipakai? Kamar ini untuk apa?"

"Ini gudang, Bu"

"Tolong dibukakan, ya Mas," pinta bu Ratna.

'Buat apa, Bu? Itu hanya gudang," tutur salah satu petugas itu.

"Meski gudang, saya minta tolong untuk dibukakan."

"Jangan, Bu," tutur petugas satunya.

"Kenapa gak boleh? Saya terganggu lho.

Sejurus kedua petugas itu saling berpandangan. Mereka nampak bingung.

"Kalau tak ada apa-apa, kenapa Mase gak mau buka? Takut, ya?"

Hening sesaat. Hingga salah satu dari petugas itu memberi sinyal kepada temannya dengan menggelengkan kepala. Meski hanya dengan gerakan kecil, namun ekspresi matanya mengisyaratkan larangan untuk membuka pintu gudang itu. Namun bu Ratna tetap ngotot agar dibukakan. Sampai menyoal buruknya layanan di hotel berbintang empat itu hingga mengancam mau melaporkan kepada pemilik hotel.

"Baiklah, Bu."ucap pemuda itu.

Perlahan kunci dimasukkan ke lubang pintu gudang. Tampak jelas pemuda itu melakukannya dengan keraguan. Tiba-tiba bulu kudukku berdiri sejalan dengan terbukanya pintu.

"Nah betul kan kataku," ucap bu Ratna.

Aku tak paham apa yang dimaksud 'betul' olehnya. Spontan aku mengamati ruangan dalam gudang itu. Yang tertangkap oleh penglihatanku hanya kegelapan.

"Mase gak bawa senter ya?"

'Tidak, Bu."

Tiba-tiba bulu kudukku berdiri. Angin dingin bertiup lembut membuat sekujur tubuh ikut merinding. Muncul perasaan tak nyaman dalam hatiku, semacam kegalauan. Aku tak lagi bisa fokus. Risau. Perasaan menangkap pesan bahwa penghuni kamar ini bukan hanya benda mati, tapi ada sosok makhluk. Tak kasat mata, tapi sosok itu ada.

Sejurus aku berusaha menaklukkan perasaan ragu berbalut waswas itu. Mencoba menggantikannya bermain logika yang paling mungkin. Spontan kutengok deretan kamar di depanku yang semua seakan terkunci rapat.

"Kalau kamar itu, kok sepi, Mas? Katanya ada Penghuninya? Kita ramai di sini kok gak keganggu?" tanyaku logis.

"Mereka sudah pulang, Bu."

"Kapan?" tanyaku persis berbarengan dengan ucapan bu Ratna

"Kemarin."

"Semua kamar?" lanjut bu Ratna.

"Iya, Bu."

"Jadi sederetan ini hanya kamar kami yang dipakai?"

"Iya, Bu. Tapi sudah terbooking untuk besok siang."

Baru aku menyadari kalau dua deret kamar itu hanya kamarku yang berpenghuni, lainnya kosong. Bersebelahan dengan kamar 206 yang difungsikan sebagai gudang.

Akhirnya kami kembali masuk kamar usai petugas itu memberikan penjelasan persuasif. Semua penjelasan mengarah agar kami berdua tenang. Mereka meyakinkan bahwa di hotel tempat kami menginap itu tak ada makhluk lain yang mengganggu.

"Besok masih ada satu sesi. Kita harus fit dalam presentasi besok," ajakku mengalihkan suasana. Bu Ratna setuju akan tawaranku.

"Jangan lupa doa, ya. Saya akan tadarus dulu."

"Ya Bu. Saya suka kok dengar orang baca Al-Quran. Meski saya belum bisa lancar membacanya."

Kuambil kembali mushaf Al-Quran yang tadi baru kubaca beberapa ayat. Sengaja Aku memilih Juz 23, di mana Surah Yasin ada di sana. Ayat-ayat suci itu pun kulantunkan pelan seraya menikmati maknanya. Untunglah bahasa Arab kupahami, meski tak seberapa. Setidaknya bekal mufrodat (kosakata) yang kumiliki cukup untuk memahami makna global dari ayat-ayat yang kubaca. Terus kubaca kitab suci itu seraya berharap teman sekamarku menjadi tenang.

Awalnya kutargetkan membaca setengah juz. Namun baru dapat satu halaman, terdengar ketukan aneh lagi di pintu. Mencoba abai terhadap ketukan itu kukeraskan bacaanku. Ketukan itu mengikuti tingginya suara bacaanku. Akhirnya aku bergeser minggir agak menjauh dari arah pintu. Tubuhku hanya berjarak beberapa sentimeter dari dinding.

Ketukan di pintu telah berhenti, namun dinding di belakangku ganti yang diketuk. Anehnya, bunyi ketukan terhadap dinding itu bunyinya persis seperti suara ketukan di pintu. Bahan bangunan yang jelas berbeda, namun bunyi ketukannya sama persis. Meski ayat-ayat suci itu terus kubaca, tak bisa kupungkiri adanya rasa takut dalam diri itu belum hilang, meski aku berusaha menghalaunya.

Kulirik bu Ratna di sebelah. Sekujur tubuhnya ditutupi selimut dari kaki hingga kepala. Aku masih sempat menyapanya dengan mengajak berdoa.

"Bu, baca surat Qulhu. Masing-masing tiga kali, ya."

Meski tak menjawab, aku yakin bu guru cantik itu mendengar ajakanku. Gerakan kakinya di bawah selimut menunjukkan bila dia belum tidur. Sementara aku berusaha berganti posisi.

Kugeser badanku membelakangi arah dinding tadi, sementara mataku tetap memandang mushaf Al-Qur'an. Ketukan terdengar lagi, namun suaranya berasal dari atas, lurus dengan arah kepala. Lagi-lagi suaranya persis suara ketukan pintu.

Sejenak aku berpikir. Beberapa lembar Al-Qur'an telah kubaca. Ayat-ayat suci yang sangat aku yakini bahwa itu merupakan kalamullah itu telah kulantunkan. Namun aku sendiri gagal mengusir rasa takut. Sementara perasaanku mengatakan bahwa itu bukan ketukan biasa. Kuucap istigfar beberapa kali sembari berupaya menemukan solusi atas rasa takutku. Kututup mushaf Alquran, kudekati dipan bu Ratna. Selimutnya dibuka sedikit saat dia kupanggil.

'Bu... Aku takut..."

Bu guru itu begitu ketakutan. Wajahnya pucat pasi, Betapa kagetnya aku saat mengetahui ia menggigil sementara wajahnya pucat pasi. Ekspresinya menggambarkan ketakutan yang tak terperi. Kupegang kakinya yang tampak putih memucat. Masya Allah, dingin seperti es.

Betapa aku ingin menenangkan wanita yang baru kukenal beberapa hari yang lalu. Kutepiskan rasa takut yang menelisik di hati. Kututupi tasa takut itu dengan mengajaknya menonton televisi.

"Bu... Lupakan saja rasa takut. Yok kita nonton TV!"

Kubuka kanal yang menawarkan acara guyonan. Kulepas ketegangan dengan ikut pada arus guyon di acara TV malam itu. Kulibatkan teman sekamarku itu dengan candaan-candaan segar. Juga komentar kecil serta tawa renyah mengimbangi kelucuan yang ditampilkan dalam acara hiburan di TV itu. Tak kusadari kapan ketukan aneh itu telah menghilang dan tak kembali, hingga kami tertidur.

Esoknya kami peserta simposium bertemu di meja makan. Sempat aku ceritakan pada sesama peserta. Salah satu peserta dari kota tempat hotel tersebut merespon dengan informasi yang logis.

"Pantas saja," ungkapnya mengawali komentar

"Maksudnya, Pak?" timpalku

"Hotel yang kita tempati ini bersebelahan dengan rumah sakit. Kamar yang ibu tempati itu bersebelahan dengan kamar mayat. Sering terjadi insiden serupa itu," jelasnya

Mendengar info itu, aku hanya bisa mengucap dalam hati, Astaghfirullah hal aziim. Innalallha ghofururrohim.

Hazbunallahu wa'nikmal wakil. Laahaula walaa quwata illa billlahol aliyil 'azim.

7 Oktober 2020

Catatan:

Serindai: hantu

Ketika Setia Ternoda

Tari Abdullah

Kobaran kecil masih menyala, asap mengepul tipis dari serpihan yang tersisa. Aku mengerjap berulang, menghapus jejak asap yang membuat mataku perih, dengan sisa tenaga aku menimbun puing-puing yang tersisa dengan kayu yang telah menjadi arang dan abu, memastikan semuanya terbakar agar tak mengeluarkan aroma amis darah.

***

"Aku akan menunggu sampai kau siap," ujarku waktu itu, setahun yang lalu.

"Ta... tapi, aku belum tahu kapan aku akan siap," jawabmu menunduk.

"Tak apa, aku akan tetap menunggu, karena cuma kau yang aku cintai."

"Benarkah? Aku janji akan setia," ucapmu dengan mata berbinar, meraih jemari tanganku, lalu seperti biasa mengecupnya lembut.

Ada nyeri yang mengiris, saat mengingat bagaimana aku berusaha keras mempertahankanmu kala itu. Hati ini terlanjur terpatri hingga teramat yakin, bahwa tidak ada seorangpun yang sanggup membuatku berpaling darimu. Engkau--lelaki yang kucintai meski terbentang jarak yang memisahkan.

Matahari mulai merangkak pelan di batas cakrawala, senja yang bersiap menggantikan tugasnya menatapku iba. Ronanya seperti memastikan bahwa ada seorang perempuan yang hatinya tengah merindu dalam diam.

"Tinggalkan dia yang tak pasti, masih banyak lelaki lain yang lebih baik dari Tunjung." Tiara membujukku.

"Kalau benar dia mencintaimu, dia tak akan membiarkanmu menunggu terlalu lama," ujarnya lagi.

Aku bergeming, kata-kata Tiara ada benarnya. Sejauh ini lelakiku belum memberi kabar kapan dia akan datang untuk menghalalkanku, tapi mengalihkan perasaan cinta tak semudah membalikkan telapak tangan. Aku mencintai lelakiku, meski aku tak tahu apakah saat ini dia masih menyimpan rasa yang sama setelah sekian lama terpisah oleh jarak.

"Kau harus melanjutkan hidupmu, masa depanmu bukan menunggu sesuatu yang tak pasti." Tiara kembali membujukku.

"Lalu bagaimana harus kubilang pada Tunjung? Dia akan menganggapku perempuan tidak setia yang mempermainkan perasaannya," kataku mencoba bertahan.

"Kau 'kan bisa beralasan terlalu lama menunggu." Tiara menghentikan ucapannya. "Lagipula siapa yang bisa menjamin kalau dia masih setia padamu?"

Aku menunduk, mengais pasir dengan ujung sepatuku. Sekali lagi Tiara benar. Hampir setahun lelakiku meninggalkan kota kami, pergi ke ibukota untuk mengejar mimpinya. *Ya... mimpi menjadi seorang fotografer ternama sesuai keahliannya.* Bahkan aku selalu mendukung cita-citanya sejak kami masih di bangku sekolah. Lalu bersama kami memandang langit, melukiskan mimpi dan harapan yang dititipkan pada kerlip bintang.

Sejak kepergiannya, komunikasi kami hanya terbatas lewat aplikasi hijau, itupun kadang harus terhambat kesibukan. Kalau bukan aku yang sibuk dengan berbagai seminar, justru dia sibuk dengan jadwal pemotretan yang mengharuskan dia berada jauh dari rumah selama berhari-hari. Jujur aku sering cemburu ketika lelakiku memasang status di media sosial tentang kegiatannya, dengan dikelilingi model-model cantik menawan, rasanya tak sebanding denganku yang cuma perempuan biasa yang tak pandai berdandan.

Namun, aku selalu yakin, cinta yang hanya menjadi bahan perbincanganku dengan Sang Pemilik Hati ini akan menemukan jalan pada saatnya nanti. Aku yakin kekuatan doa tulusku akan menang mengalahkan halangan sebanyak apapun.

"Kau masih ingin bertahan?" kata-kata Tiara membuyarkan lamunanku. Aku menoleh, menaikkan alis sambil menggeleng ragu.

"Entah."

"Sebaiknya kau tanyakan keseriusannya pada hubungan kalian. Tak baik menggantung suatu hubungan."

"Aku masih ingin bertahan," sanggahku akhirnya, menatap mata bulat Tiara.

"Aku akan menunggu, memberinya kesempatan sedikit lagi."

"Jika itu maumu." Tiara mengangkat bahu, menatapku serius.

"Tapi pikirkan juga masa depanmu! Usiamu tak lagi muda, jangan sia-siakan untuk cinta yang tak ada ujungnya."

Perempuan bermata bulat itu berdiri, menepuk bahuku sebelum melangkah keluar. Senja beranjak pergi, malam hadir menggantikan, menghamparkan gelap yang membungkus rindu, atau rasa yang entah apa namanya.

***

Kugeser satu demi satu gambar yang terpampang di layar ponselku. Lelakiku sedang berpose bersama wanita, aku tahu itu salah satu modelnya, tapi dari sorot mata yang tersirat, intuisiku mengatakan wanita itu menyimpan rasa terhadap lelakiku. Dada ini terasa panas, sakit yang menggigit atas nama cemburu. Aku membuang napas pendek, mencoba paham, itu adalah bagian dari profesinya. Aku percaya lelakiku setia.

Namun, setahun aku menunggunya, atas nama kesetiaan aku menutup mata. Ada lelaki mapan hadir menawarkan janji setia sebagai mahar cinta, aku menolak. Aku masih menunggu lelakiku, tak peduli cerca dan ejekan yang menyinyiri kebodohanku, menunggu pembuktian janji setia yang tak kunjung berwujud.

"Sampai kapan kamu mau menunggu?" Tiara kembali mempertanyakan sikapku yang tak sedikitpun berubah.

"Apa kamu sudah pernah menanyakan padanya?"

"Dia masih minta waktu sedikit lagi," jawabku lirih, menyembunyikan bimbang yang mulai sering mengulik.

"Dan kamu percaya dia masih setia?" selidik Tiara menatap tajam ke arah manik mataku. "Foto-foto dan status itu... tidakkah kamu merasa curiga sedikitpun bahwa dia telah mendua? Dia laki-laki, Ning. Makhluk yang paling tak bisa menahan sepinya, sekalipun cintanya masih ada untukmu, tapi hatinya tak bisa bohong, dia pasti lebih memilih yang selalu ada di dekatnya."

Aku menunduk, mencerna kalimat Tiara, sebenarnya hati ini sudah ingin menyerah, komunikasi yang tak lagi intens, dan foto-fotonya bersama wanita-wanita model, cukup mewakili kenyataan tanpa harus menjelaskan. Namun, entah aku yang bodoh atau apa, tetap yakin bahwa satu saat Allah akan menyatukan kami.

"Ning." Tiara menyentuh bahuku lembut, tiba-tiba dada ini terasa sesak, air mata mendesak keluar meski kutahan. Perempuan berhati lembut itu meraih kepalaku, menyandarkan di bahunya, hingga aku tak lagi dapat menahan bendungan air mataku.

"Kawan-kawan kita, semua sudah menikah, punya anak dan hidup bahagia. Lalu bagaimana denganmu? Kamu cantik, pintar, dan baik. Tapi sayang kamu bodoh dalam bercinta. Berapa kali kamu disakiti? Berapa kali kamu salah memilih lelaki? Berapa kali kamu salah menjatuhkan rasa cintamu pada mereka yang hanya memanfaatkanmu?"

Tiara membelai rambutku yang makin larut dalam isak. "Kamu perempuan cantik yang baik, justru menunggu lelaki yang entah hatinya untuk siapa," ujarnya lembut.

"Pikirkan, itu, Kemuning! Percayalah, Tunjung tak sebaik yang kau sangka. Pikirkan hidupmu, masa depanmu, kamu berhak bahagia," bisiknya lembut. Aku mengangkat kepala, menyusut kasar butiran air yang tak henti mengalir, menatap tajam hingga kedua pasang netra kami bertemu.

"Sebelum aku mengambil keputusan, aku ingin membuktikan bahwa ucapanmu itu benar."

"Apa rencanamu?"

"Aku akan ke ibukota," jawabku tandas. Tiara hanya mengangkat bahu, mengembuskan napas berat.

"Jika itu keputusanmu, dan menurutmu itu yang terbaik. Aku hanya ingin kamu bahagia, tapi tolong jangan gunakan kekuatan pikiranmu jika kamu menemukan hal yang membuatmu sakit hati!" Sekali lagi Tiara menepuk bahuku lalu membalikkan badan dan pergi meninggalkanku berteman risau.

***

Tak sulit menemukan tempat lelakiku berada, sebuah studio foto dengan plang nama yang cukup terkenal dapat aku temukan dalam sekejap. Dari kejauhan, aku melihat ke dalam, tampaknya ada *event* pemotretan, bisa terlihat jelas lelakiku sedang sibuk dengan kameranya, bergerak ke kiri dan ke kanan, mengambil sudut yang tepat agar menghasilkan gambar terbaik.

Satu jam aku berdiri mengamati, akhirnya kegiatan memotret selesai, aku berniat masuk dan memberi kejutan pada lelakiku. Namun, baru tiga langkah kaki ini menjejak, mataku melihat pemandangan yang membuat hatiku perih. Seorang wanita bertubuh semampai merangkul manja bahu lelakiku, suaranya yang mendesah menggoda iman lelaki yang alim sekalipun. Dadaku berdesir, menyaksikan lelakiku mendaratkan ciuman di pipi wanita itu, gerak tubuhnya yang genit menggamit lengan lelakiku menuju pintu keluar.

Hati ini seperti ditikam pisau, perih tak terkatakan, sakit, marah, kecewa, dan benci bercampur jadi satu. Kakiku gemetar, dan air mata tak lagi bisa kubendung. Menyesali kebodohanku, yang terlalu menaruh harapan tinggi pada kata setia. Kemarahan dan kecewa yang membuncah, membuat dada serasa mau meledak, pikiran absurd tak bisa kukendalikan manakala tak sengaja mata ini melihat seekor kucing yang mati tertabrak mobil bersimbah darah.

Tunjung Haryanto, jika aku tak bisa memilikimu, maka tak seorangpun boleh memilikimu!

Aku seperti kesetanan, semuanya di luar kendali. Kuambil foto lelakiku yang masih rapi di dompet, kuusapkan pada darah kucing yang tak bernyawa, geramku memuncak, membayangkan lelakiku berjalan menuju ke arahku.

Seperti sebuah magnet yang terpancarkan dari pikiran, lelaki berwajah tampan itu berjalan menuju ke tempatku meringkuk di balik pohon, napas pun mulai tersengal karena kemarahan yang merayap menuju puncak. Sekali sentak, foto yang telah terlumuri darah itu kurobek. Bersamaan dengan itu, terdengar suara dentuman keras beradu dengan teriakan. Aku menunduk, menutup kedua telinga, tak ingin mendengar apapun.

Selang beberapa detik kemudian, orang berkerumun dan memperbincangkan seorang fotografer yang tertabrak mobil dan meninggal seketika dengan tubuh hancur bersimbah darah. Aku berdiri, melangkah menerobos kerumunan, memastikan korban tabrakan itu adalah lelakiku. Entah, apa yang ada dalam pikiranku, aku cuma menatap datar tanpa ekspresi. Sakit, karena bagaimanapun aku masih mencintainya, tapi puas karena akhirnya tak ada lagi yang bisa memiliki cintanya.

Aku meninggalkan kerumunan, mengambil bangkai kucing yang darahnya hampir mengering, dengan potongan ranting kering kubuat lubang untuk menguburnya. Ranting-ranting yang kutemukan di sekitar lokasi, kukumpulkan, lalu membakarnya. Foto yang telah berkeping, kutebarkan dalam kobaran api, lalu aku menepukkan kedua tangan yang terpercik darah.

Dengan gontai aku melangkah. Sayup terdengar nada keheranan orang-orang yang mengerumuni jasad lelakiku.

Darah itu mengering seiring tubuhnya yang menghitam seperti terbakar.

Sidoarjo, 07 Oktober 2020

Istriku Dipijat Arwah Nini Runtah

Yon Bayu

Nini Runtah tidak hanya dikenal sebagai dukun beranak tetapi juga tukang pijat khusus wanita yang mempunyai masalah dengan kandungan. Banyak perempuan yang sudah dinyatakan mandul, akhirnya bisa punya anak setelah dipijat Nini Runtah.

"Kalau bukan takdir Gusti Allah, dan bukan suamimu yang mandul, mudah-mudahan kamu akan bisa punya anak," begitu ucapan yang selalu Nini Runtah sampaikan kepada perempuan-perempuan yang datang meminta bantuannya.

Nini Runtah tinggal sendirian di sebuah gubuk di pinggiran desa. Konon sejak suami dan kedua anaknya meninggal akibat kelaparan di zaman Jepang, Nini Runtah tidak mau menikah lagi dan mengembara hingga ke desa kami. Warga pun menghormatinya sebagai sesepuh. Tanpa diminta, warga bergiliran menyediakan makanan dan keperluan lain saat Nini Runtah mulai sakit-sakit dan tidak lama kemudian meninggal dunia.

Cerita Nini Runtah hampir terlupakan jika tidak ada kejadian yang menimpa keluarga Pak Herman.

Malam itu mobil yang dikendarai bersama istrinya yang sedang hamil tua berhenti di depan balai desa. Kebetulan baru saja ada acara sehingga masih banyak warga yang berkumpul. Dia meminta izin menumpang istirahat karena mendadak istrinya merasa mulas. Kepada warga, Pak Herman yang mengaku datang dari kota, mengatakan dirinya baru saja mengantar istrinya pijat di rumah Nini Runtah. Tentu saja warga tidak percaya.

"Benar Pak, kami baru dari rumah Nini Runtah. Sejak istri saya belum hamil, kami rutin datang ke rumah Nini Runtah. Maklum Pak, kami saya ingin punya momongan karena sudah menikah hampir 15 tahun belum juga dikaruniai anak. Dan Alhamdulillah, sekarang istri saya hamil dan diperkirakan bulan depan akan melahirkan," terang Pak Herman panjang lebar setelah istrinya dibawa masuk ke rumah warga yang terletak di samping balai desa untuk istirahat.

"Tadi di rumah itu Bapak bertemu siapa?" tanya Kang Warno dengan bulu kuduk meremang.

"*Lah*, ya bertemu Nini Runtah. Istri saya dipijat sekitar satu jam setelah itu kami pamit. Tapi tiba-tiba tadi istri saya mengeluh karena perutnya merasa mulas. Mungkin karena goncangan mobil."

"Iya...iya, tidak apa-apa," ujar Pak Burhan, tokoh masyarakat desa kami.

"Sebenarnya ada apa, Pak?" tanya Pak Herman penasaran. Dia merasa dirinya dicurigai.

"Mungkin ini kebesaran Allah," celutuk warga lainnya.

"Iya, tapi ada apa?"

"Begini," ujar Pak Burhan. "Nini Runtah sudah meninggal dunia sejak sekitar 5 tahun yang lalu."

"Apa?" teriak Pak Herman, spontan. "Tidak...tidak. Bapak pasti bercanda. Sejak setahun yang lalu kami rutin datang ke rumahnya dan ditemui Ni...Nini....Nini Runtah," lanjut Pak Herman mulai terbata-bata.

Meski beberapa warga mencoba meyakinkan, tetapi Pak Herman tetap tidak percaya. Dia bahkan berniat memanggil istrinya untuk memberi kesaksian, tetapi dicegah oleh warga.

"Nanti istri Bapak *shock* dan membahayakan kandungannya," ujar Pak Burhan.

"Tapi bagaimana caranya saya mengatakan kepada bapak-bapak semua kalau saya tidak bohong?" kata Pak Herman dengan suara seperti menahan amarah. Terlebih ketika ada warga yang mengatakan rumah Nini Runtah sudah tidak ada. "Bagaimana kalau sekarang kita ke rumah Nini Runtah," tantang Pak Herman.

Setelah sedikit berdebat, beberapa warga menyetujuinya, termasuk Pak Burhan. Pak Herman kemudian melarikan mobilnya dengan kecepatan tinggi. Tidak lama mereka tiba di pinggiran desa.

"Itu rumah," tunjuk Pak Herman setelah mobil berhenti. Lampu mobil menyorot ke sebuah gubuk di depannya.

"Astaghfirullah..." guman Pak Burhan. Sebenarnya dia hendak mencegah Pak Herman turun, namun terlambat.

Setelah mematikan mesin dan lampu mobil, Pak Herman turun dan langsung menuju ke cungkup (gubuk kecil di tengah pekuburan) yang tadi ditunjuknya.

Pak Burhhan dan warga lainnya buru-buru ikut turun dan bermaksud mengejar Pak Herman. Namun langkah mereka terhenti ketika melihat Pak Herman berhenti. Kepalanya tampak berputar untuk melihat sekelilingnya.

"Kok...kok ku...kubur...kuburan," ucapnya dengan mulut bergetar. Beberapa warga merangkulnya dan membawanya ke mobil. Pak Burhan meminta kuncinya dan melarikan mobil kembali ke balai desa. Begitu mereka tiba, warga tengah gaduh karena istri Pak Herman mau melahirkan. Beruntung ada bidan yang bisa dihubungi.

"Anak Bapak laki-laki," bisik Pak Burhan setelah mendapat pemberitahuan dari warga. Namun Pak Herman tetap bengong dan tidak mau turun dari mobil. Terbayang wajah Nini Runtah dengan kerut-kerutnya yang menyeramkan.

Dirinya terus bertanya-tanya, *siapa yang selama ini ditemui dan memijat istrinya?*

25 September 2020

Tentang Para ~~Dedemit~~ Penulis

Aksara_Tri • Penulis puisi di blog aksarasulastri.blogspot.com, kontributor buku "Sajak-sajak Anak Negeri", "Antologi Musikalisasi Puisi", dan novel "Perempuan Bayang-bayang". Saat ini giat menulis cerpen di risalahmisteri.com.
Facebook: sulastri
IG: tri_aksara
Twitter: @aksara_sulastri

Ani Wijaya • Ibu rumah tangga dengan tiga putri yang memiliki minat pada kegiatan merajut kata menjadi karya dalam bentuk cerita pendek, puisi, maupun novel. Diabadikan dalam berbagai buku antologi, situs risalahmisteri.com, media sosial dan blog pribadi. Menulis adalah jiwa, tanpa menulis 'aku' mati.

Anisa Ariyani • Ibu rumah tangga yang bercita-cita jadi pengangguran yang sehat, beriman, bahagia, punya banyak waktu dan uang.

Dian Hariani • Atas izin suami, ibu dari 3 anak ini menekuni dunia literasi sejak 2014. Tentu saja di sela kesibukan sebagai IRT sejati.
Baginya, menulis adalah hal yang menyenangkan. Cerpen utamanya. Mencoba semua genre, fiksi maupun kisah nyata. Semangatnya semakin menyala ketika cerpennya berhasil lolos pada beberapa event dan terpilih sebagai kontributor buku antologi. Dengan menulis, memberi manfaat dan berbagi.

Ikhwanul Halim • Ayah Kasih. Suami Ega. Tukang Insinyur Nuklir dari Ujiem.

Pemimpi. Nomaden. Oposan. Penyair Majenun. Pegiat Literasi. Pengarang. Penyunting. Endorser. Penulis Hantu. Penerbit 'Pimedia'. Rotarian. Barista CHIC (Cerita Hari Ini Café').
Tinggal di Planet Mars, kelak. Atau Klingon. Mungkin.

Irene Teng Siat Hwa • Irene Teng Siat Hwa. Itu aja.

Jati Kumoro • Penyuka sejarah, seni dan budaya.

Kang Slamet • Aktif menulis di berbagai platform dan genre. Sudah menerbitkan beberapa buku fiksi termasuk antologi.

Kiki MD • Cewek Fragmatig penyuka segala jenis cokelat.
Misi: Menulislah. Dengan menulis kau ciptakan kenangan tentangmu, sampai akhir raga di dunia.

Lilik Fatimah Azzahra • lahir dan menetap di Kota Malang, Jawa Timur. Ibu dari 4 orang anak ini bekerja sebagai perias pengantin, guru bimbel, dan asisten dokter. Telah menghasilkan beberapa novel dan buku kumcer. Peraih dua Award: The Best in Fiction dan People Choice pada sebuah ajang kepenulisan. Penyuka warna hitam dan merah. Hobi berolahraga Yoga dan mbolang ke tempat-tempat indah tapi angker.
Motto: Hukum karma itu ada. Apa yang kausemai, kelak itulah yang akan kautuai.

Mim Yudiarto • Aktif menulis di berbagai platform dan genre. Sudah menerbitkan beberapa buku fiksi termasuk antologi.

Muthiah Alhasany • Aktif menulis di berbagai platform dan genre. Sudah menerbitkan beberapa buku fiksi termasuk antologi.

Novica Novika • Lahir 19 Desember 1987. Alamat: Baturaja, Ogan Komering Ulu Induk, Sumatera Selatan.

Facebook: Novica Novika

Reddishcheeks • Pecinta Marianka, bunga putih kecil yang tetap tegar tumbuh di padang salju Siberia.

Sakdiyah Sodwijo • Pengelana kata yang riang gembira.

Sri Subekti Astadi • Lahir di Kudus 55 tahun lalu. Ibu rumah tangga yang suka menulis fiksi sejak SMP, dari buku harian dilanjut menulis di media massa saat kuliah di Fak. Sastra Undip. Karena kesibukan sempat melupakan dunia tulis menulis dan kembali tergugah untuk menulis saat hidup di pinggir rimba Kalimantan Selantan. Salah satu admin Fiksiana Community. Saat ini tinggal di kota kelahiran, Kudus. Bersama Keluarga Penulis Kudus ingin berkiprah menghidupkan literasi dan bersastra di Kudus. Juga berfiksi misteri bersama risalahmisteri.com.

Sri Widyowati Kinasih • Lebih dikenal dengan panggilan Wiwied Kinasih. Lahir di Malang, 8 Februari 1980, aktif menulis sejak tahun 2012. Guru SDN 3 Toyomarto Singosari Malang sekaligus pendiri TBM Rumah Cahaya Untukmu di Tegalrejo Ketindan Lawang, Kab. Malang. Buku puisi pertamanya adalah "Bianglala Lima Warna" (2014) bersama 4 penyair lainnya. Kurang lebih 25 buku antologi cerpen bersama penulis lain hingga saat ini. Buku puisi solo dengan tajuk "AW Sepanjang Sajak Kerinduan" (JWriting Soul, 2017) bersamaan dengan tragedi tsunami liquifaksi Palu, Sulawesi Tengah. Buku kumpulan cernak yaitu "Persahabatan Elongata Kantung Semar" (Media Guru, 2018) dan cerita anak berbahasa Jawa dalam bentuk buku digital "Ayo Golek Gantrung" terbit di Let's Read Asia (Litara dan Asia Foundation, 2019).
Facebook: Wiwied Kinasih Koesnan
IG: @wiwied_kinasih_koesnan

Susmiyati Madjid • Pengajar, Penulis.
Karya:
Allah, Ambil Kanker Ganas Suamiku (novel)

Sepintas Lalu (Antologi Cerpen)
Zulmat (Antologi Cermis)
Giat Literasi dalam Jejak Covid-19

Tari Abdullah • Single mom tiga anak ini berdarah campuran Sunda Jawa, lahir dan dibesarkan di Surabaya. Sehari-hari berprofesi sebagai penulis lepas, penulis konten dan motivator di sebuah lembaga pendidikan. Selain menulis, memasak dan traveling adalah kegemarannya, hingga banyak karya yang lahir diilhami dari catatan perjalanannya.

Yon Bayu • Aktif menulis di berbagai platform dan genre. Sudah menerbitkan beberapa buku fiksi termasuk antologi.

Risalah Misteri

Risalah Misteri adalah platform blog berbasis *user generated content* (UGC) yang telah berdiri sejak 16 Agustus 2020 dengan alamat *website risalahmisteri.com*

Risalah Misteri menyajikan tulisan-tulisan khusus misteri seperti kisah horor, *urban legend*, fantasi, legenda, thriller, baik yang berasal dari pengalaman nyata penulis maupun fiksi.

Saat ini Risalah Misteri memiliki 155 penulis dengan rata-rata postingan 12 artikel per hari. Jumlah ini merupakan yang terbanyak untuk asupan konten platform sejenis.

Pembaca dapat menikmati karya-karya terbaik dari penulis-penulis top secara gratis maupun berbayar.

www.ingramcontent.com/pod-product-compliance
Lightning Source LLC
La Vergne TN
LVHW090428051026
849518LV00006B/2476